KB158444

빛과 멜로디

빛과 멜로디

조해진 장편소설

문학동네

차례

1부

2022년 11월 25일

눈이 내리고 있었구나.

아파트 발코니에 선 채 허공에서 여러 방향으로 흩어지는, 그러다가 어둠 속으로 순식간에 빨려들어가기도 하는 눈송이를 하염없이 건너다보며 승준은 저도 모르게 중얼거렸다. 마치 눈이 내리는 것이 반드시 명심해야 하는 중요한 사안이라도 된다는 듯이.

오늘따라 유독 권은이 생각난 건 눈이 오려는 조짐 때문이었던가. 하긴, 오랫동안 그녀는 승준의 기억 가장자리에서 눈송이를 맞으며 서 있곤 했으니까. 태엽이 돌아가는 동안 멜로디가 흐르고 눈이 내리는 둥글고 투명한 세계에서, 그 세계의 유일한 주민인 양 늘 혼자서……

"태엽이 멈추면 빛과 멜로디가 사라지고 눈도 그치겠죠."

칠 년 전, 일산의 북 카페 창밖으로 내리는 눈을 건너다보며 금방 그칠 눈 같지는 않네, 혼잣말을 하던 승준에게 그녀는 무심한 목소리로 그렇게 말한 적이 있었다. 보통의 사람들이 구사하지 않는 표현이 재미있어서 수수께끼냐고 장난스럽게 물었지만 그녀는 말없이 웃기만 할 뿐, 더이상 아무런 설명도 덧붙이지 않았다.

그때 승준은 그녀의 집 근처인 그 북 카페에서 그녀와 인터뷰를 진행하던 중이었다. 시사 잡지사의 문화부에서 근무한 지 오 년째 되던 그해, 승준은 문화계를 이끌어갈 신진들을 인터뷰하는 시리즈를 기획했는데 주로 분쟁 지역에서 다큐멘터리 사진을 찍어온 그녀가 바로 그 주의 주인공이었던 것이다. 그녀는 국내의 대표적인 사진상의 보도 다큐멘터리 부문 전년도 수상자였고 그녀가 시리아와 팔레스타인의 가자지구에서 찍은 사진들은 이례적으로 해외 언론사들에 팔려 기사화되기도 했다. 그녀가 사진과 관련된 전문교육을 거의 받지 않았다는 것과 단체나 기관에 소속되지 않은 채 홀로 활동해왔다는 것이 알려지면서 그녀를 향한 세간의 관심은 더더욱 증폭됐다. 칠 년 전의 권은은 사진가로서 얼마나 성장할지 아무도 가늠할 수 없는 시절을 보내고 있었던 셈이다.

그녀는 좀처럼 인터뷰에 응하지 않는다고 알려져 있었지만 예상외로 섭외는 순조로웠고, 인터뷰를 하던 당일에는 질문에 성심껏 답변해주었으며, 승준이 찍은 어설픈 사진—그는 대개 사진기자를 대동하지 않고 보급형 DSLR 카메라로 인터뷰이를 직접 찍어왔다—에도 아무런 불평을 하지 않았다. 인터뷰는 흥미로웠다. 아니, 절대로 잊히지 않으리란 예감이 들 만큼 감동적인 면이 있었다. 사람들이 잘 알지 못하고 알고 싶어하지도 않는 분쟁 지역에 가서 목숨을 담보로 사진을 찍어 세상에 알리는 일을 하면서도 인정과 과시에 대한 조급함 없이 시종일관 담담했던 그녀의 태도 때문이었는지도 모르겠다. 그녀는 빛이 피사체를 감싸는 순간의 온기가 좋아 사진을 사랑할 수밖에 없었다는 말도 했는데, 그 말은 승준의 마음 어딘가로 흘러와 고요하게 폭발하기도 했다. 아무려나 그녀와 두 시간 가까이 대화를 나누었다는 것을 깨달은 뒤에야 자리를 정리할 정도로 승준은 그녀와의 인터뷰에 푹 빠져 있었다.

인터뷰를 마치고 카페에서 나온 두 사람은 헐거운 악수를 나눈 뒤 헤어졌는데, 무슨 이유에선지 승준은 몇 발자국 걷다가 무심결에 뒤를 돌아보았고 그 순간 여전히 카페 앞에서 우산도 없이 우두커니 서 있는 그녀를 보게 됐다. 붉은색 목도리

에 얼굴을 묻은 채 한쪽 스니커즈 끝으로 바닥을 톡톡 치고 있
는 모습이었다.

입김이 그대로 얼어붙을 듯 바람이 찼고 거세진 눈발에 시
야는 뿌옜다. 그녀 뒤편의 횡단보도와 버스들, 파리바게트와
스타벅스와 약국 같은 상점들이 드문드문 이지러져 보일 정도
였다. 추운데, 눈도 이렇게 오는데 왜, 라고 승준은 작게 중얼
거렸다. 그녀에게 다가가 우산이라도 씌워주고 싶다는 생각을
잠깐 했지만 행동으로 이어지지는 않았다. 괜한 친절은 오히
려 불편을 초래할 수 있는데다 같은 우산 아래서 나란히 걸어
가는 동안 어색한 침묵이 흐를까봐 걱정되기도 했다. 승준은
몇 초 정도 더 그녀를 지켜보다가 이내 걸음을 돌렸다. 서둘러
지하철역으로 걸어가는 동안 한 번도 그녀 쪽을 다시 돌아보
지 않았다. 그 만남이 실은 이십삼 년 만의 재회였다는 것을
알지 못한 채였다. 그날로부터 칠 년이란 세월이 흐른 뒤에도
내리는 눈을 보면 그녀를 떠올리게 되리란 것 역시 그때는 짐
작도 하지 못한 일이었다.

기억 속 장면들은 눈송이로 수렴되어갔다. 그녀와 나누었던
대화, 그녀가 우두커니 서 있던 모습과 그 거리의 풍경은 점점
이 뒤로 물러났고 남은 건 그녀의 머리칼과 목도리, 스니커즈
위에 내려앉던 하얀 눈송이뿐이었다. 고개를 들자 그 눈송이는

발코니 창 너머에서 나부끼는 눈발 속으로 금세 스며들었다.

아니다.

단지 눈 때문에 권은 생각을 하게 된 건 아닐 것이다. 어쩌면 오늘 오후에 걸려온 경화 선배의 전화가 이제는 근황도 알지 못하는 그녀의 세계에 접속하도록 이끈 것인지도 몰랐다. 경화 선배는 러시아의 침공 이후 일상이 붕괴된 우크라이나 여성들을 인터뷰하여 책을 엮는 프로젝트를 맡게 되었다며 승준에게 그중 한 꼭지를 부탁했다. 승준과 달리 공부를 계속한 선배는 이 년 전 지방 국립대에 교수로 채용됐는데, 강의를 하는 틈틈이 공들여 그 프로젝트를 준비해온 듯했다. 인터뷰이들은 프로젝트에 동참한 대학원생들이 이미 섭외를 마쳐놓은 데다 인터뷰는 줌 프로그램을 이용하면 되며 사진도 인터뷰이가 준비할 예정이어서 크게 번거롭지 않을 거라고 선배는 설명했다.

"그리고 너, 인터뷰하는 거 좋아하지 않아?"

선배가 문득 그렇게 물었다.

"어…… 그랬나?"

승준은 흐릿한 말투로 되물으며 휴대전화 이편에서 머리만 긁적였다.

인터뷰야 사실 숱하게 해온 그의 전문분야이긴 했다. 인터뷰를 통해 한 사람의 생애가 그려 보이는 시대의 작은 둘레를 알아가는 것이 큰 즐거움이었던 적도 많았다. 그들은 대개 자기 분야에서 성공했거나 남들보다 빛나는 무언가를 하나라도 더 갖고 있는 사람들이었다. 그런데 전쟁을 겪고 있는 사람과의 인터뷰라니, 솔직히 그건 자신이 없었다. 극도의 불행 속에 내던져진 사람에게 무언가를 질문한다는 것 자체가 조심스러웠고 그 불행의 깊이를 탐색하는 과정도 탐탁지 않았다. 더욱이 지유가 태어나고 한 달 뒤부터 시작된 석 달 동안의 육아휴직 기간 중에 외부에서 들어온 일을 해야 한다는 것이 선뜻 내키지 않았다. 아무리 경비가 따로 들지 않는 인터뷰라지만 작업의 대가가 고작 원고료뿐이며 인세는 중쇄를 찍어야 배당받을 수 있다는 조건도 그를 주저하게 했다. 그는 경화 선배에게 조금은 난처한 목소리로 고민해보겠다고 말할 수밖에 없었고 선배는 최대한 긍정적으로 생각해달라고 다시 한번 부탁했다.

권은이라면……

확약 없이 통화를 끝낸 뒤 권은이라면, 하고 어느새 그는 가정해봤다. 위험도 두려움도 모른다는 듯 무모하게 분쟁 지역으로 달려갔던 그 이력을 떠올리면 그녀도 지금쯤 우크라이나에 있지 않을까, 생각이 들면서도 그 생각이 소망에 가깝다는 것을 이내 인정할 수밖에 없었다. 마지막으로 보았을 때 그녀는 왼쪽 다리의 절반을 잃은 상태였고, 그런 상태로는 카메라를 들고 분쟁 지역을 활보하며 다니는 게 거의 불가능할 테니까.

그럴 수 없다는 걸 알면서도, 광막하고 텅 빈 벌판을 목발에 의지한 채 혼자 절뚝이며 걸어가는 그녀를 상상한 순간, 그의 마음은 또다시 난폭하게 헝클어졌다. 그녀가 다쳤고 그것은 돌이킬 수 없는 일이라는 걸 떠올릴 때면 매번 그랬다. 발코니에서 거실로 들어와 와인을 딴 건 그녀와 관련된 나쁜 상상을 모두 떨쳐내고 싶어서였는지도 모르겠다. 출산 이후 처음으로 긴 외출을 감행한 민영은 아직 귀가하지 않았고 지유는 아기용 침대에서 곤히 잠들어 있었다. 와인 한두 잔 정도는 허락될 만한 요건을 갖춘 셈이었다.

두 달 전, 그는 마흔두 살의 나이에 한 아이의 아빠가 됐다.

그는 와인잔을 잠시 내려놓고 지유의 발바닥에 얼굴을 묻었다. 아직 그 어느 곳에도 발자국을 남긴 적 없는 발, 동시에 어디에까지 다다를지 아무도 알 수 없는 발…… 지유의 발바닥에서 얼굴을 뗀 뒤엔 작고 둥근 배에 살짝 손을 올려보기도 했다. 부드러웠고, 부서질 듯 연약했다. 이토록 부드럽고 연약한 살결 아래로 피가 흐르고 있으며 유기적으로 연결된 세포들이 부지런히 증식중이라는 사실이 승준은 매번 믿기지 않았다. 그러나 가슴속에 번지던 그 작고 뜨거운 경이는 지유에게 예정된 좌절과 패배, 상실과 이별 같은 것을 상기한 순간 갑자기 식어버렸고, 대신 납 한 덩어리를 삼킨 듯 온몸이 무거워졌다.

사실 결혼 전 승준에게는 아이를 갖는 것이 삶의 필수 과제가 아니었다. 오히려 피할 수만 있다면 그렇게 하고 싶었는데, 아이를 어엿한 어른으로 키워낼 용기가 부족해서만은 아니었다. 자신의 의사나 의지와 상관없이 이 세상으로 건너와 하나의 삶을 일군다는 건 행복과는 무관할 때가 많고 성공의 순간은 그리 쉽게 찾아오지 않는다는 것이 그의 오래된 생각이었다. 그의 부정적인 생각을 들은 민영은 이렇게 대답했다. 지유의 삶을 미리 재단하지 말라고, 지유는 살면서 사랑하고 웃고 마냥 편안한 나날도 맞을 것이며 온몸을 전율하게 하는 다양한 감각의 순간도 경험하게 되리란 걸 기억하라고. 민영의 말에 수긍하면서도 승준은 지유가 성장해가는 동안 겪게 될 상처와 결핍의 시간들이 훨씬 더 신경 쓰였고, 그 상처와 결핍 앞에서 자신이 무력한 아버지가 될까봐 무섭기도 했다. 그래서일까. 규칙적으로 오르락내리락하는 지유의 배를 쓰다듬으며 그는 생각하지 않을 수 없었다. 오늘밤 권은이 칠 년 전처럼 눈을 맞으며 서 있는 모습으로 머릿속에서 재생된 건 이 아이 때문일 수도 있다고…… 어쩌면 지유가 세상에 온 순간부터 자신은 지유에게 그녀의 이야기를 들려주고 싶었는지도 모르겠다고 그는 생각했다. 그런 친구가 자신에게 있었다고, 카메라가 세상을 바꿀 수 있다고 믿으며 빛을 좇던 친구가 있었다고 말이다.

그는 휴대전화로 포털사이트에 접속해 그녀의 이름과 사진이라는 단어를 합쳐 검색해봤다. 업데이트된 내용은 없었다. 2016년부터 권은은 공식적인 활동을 하지 않았으니 당연한 결과이긴 했다. 포털사이트 창을 닫고 이번엔 그녀의 블로그에 들어가봤다. 블로그를 방문하는 건 아주 오랜만이었는데, 그사이 아예 비공개로 전환되었는지 어떤 글도 보이지 않았다. 십 년 가까이 쌓여온 그녀의 사진들과 작업 일지, 짧은 일기와 수신인 모르게 쓴 편지들은 모두 화면 뒤로 숨겨졌지만, 대신 새로운 사진이 블로그의 배경으로 설정되어 있었다. 아랍어로 낙서가 된 담벼락에 기대선 채 해맑게 웃는 두 소년의 얼굴을 담은 사진이었다. 그녀와의 인터뷰를 준비하던 때 참고 자료로 들여다본 사진들 중 하나였는데, 그녀의 다른 사진들과 마찬가지로 빛의 움직임이 제법 인상적으로 기억 속에 남아 있었다. 그녀의 사진을 두고, 빛의 리듬과 호흡까지 담아냄으로써 비극을 잠시 잊게 하는 입체적인 판타지를 제공하면서도 그 판타지에 극적으로 대비되는 현실을 되돌려 인식하게 한다는 점에서 지극히 사실적이라고 했던 어느 비평가의 글이 떠올랐다. 한마디로 미학과 저널리즘이 어우러진 사진이라고 평한 셈이었다. 이 사진 역시 담벼락에 사선으로 내리비치는 빛이 크고 작은 총알자국에 흡수되고 번지면서 두 소년의 천진한 웃음을 돋보이게 하는 동시에, 총탄의 연속일 것이 분명한 프레임 바깥의 풍경을 상상하도록 이끄는 힘이 있었다. 승준의 기억에 이 사진의 배경은 가자지구였고, 담벼락에 쓰인 아랍어는 가자지구를 봉쇄하는 장벽 건설에 반대하는 시위에 나갔다가 이스라엘 군인의 총에 맞아 사망한, 소년들의 누나 이름이었다.

승준은 휴대전화를 내려놓고 다시 지유 쪽으로 시선을 돌렸다.

태어난 지 고작 칠십구 일째를 맞은 지유가 온 힘을 다해 부지런히 숨을 쉬고 있는 모습을 내려다보는 동안, 흩어져 있던 풍경이 머릿속에서 순식간에 재조립됐다. 좁은 골목을 걷다가 발견한 녹슬고 찌그러진 비둘기색 현관문, 현관문을 열자마자 보이던 아주 작고 어두운 방, 그 방에서 유일하게 빛을 내뿜던 스노볼과 느리게 흐르던 단조의 멜로디, 방 한구석에 놓여 있던 휴대용 가스레인지와 주전자, 아이의 키보다 약간 높은 위치에 설치된 수도꼭지 하나, 그 아래 세면도구가 담긴 플라스틱 대야와 수챗구멍, 그리고 열두 살의 그녀가 그녀만큼 어렸던 그에게 했던 말들—학교에는 비밀로 해줘. 나는 고아가 아냐. 너는 어서 가…… 아버지의 필름 카메라를 가슴에 안고 그 방으로 달려갔던 날도 떠올랐다. 그날 카메라를 받으며 그녀가 어떤 표정을 지었는지는 잊혔지만 장기 결석 뒤 학교로 돌아온 그녀의 손에 종종 그 카메라가 들려 있었던 건 또렷하게 기억났다. 카메라로 나는 다시 세상과 연결되었어요, 라고 인터뷰 때 그녀는 말했다.

반장……

그리고, 그녀가 블로그에 쓴 편지 중엔 그가 수신인인 편지도 몇 통 있었다. 편지에서 그녀는 그를 반장이라 불렀다.

반장, 내게 무슨 일이 생기더라도 네가 이미 나를 살린 적 있다는 걸……

너는 기억할 필요가 있어.

기억 속에서 편지의 한 문장이 완성된 순간, 승준은 자리에서 벌떡 일어나 잔에 남은 와인을 싱크대에 버린 뒤 노트북을 가져와 워드 프로그램을 열었다. 뭐라도 쓰고 싶었다. 먼 훗날 지유가 읽게 될 글을, 일기거나 편지일 수도 있고 회고록이 될지도 모를 글, 아니, 그저 아이에게 주는 선물이면 충분한 그런 글을 지금 이 순간 그는 간절히 쓰고 싶었다.

휘몰아치듯 문장들을 써내려갈 줄 알았지만 막상 빈 화면을 보니 아무것도 떠오르지 않았다. 눈을 감고는 크게 숨을 들이켰다. 잠시 뒤, 훌쩍 자란 지유가 그가 쓴 글을 들여다보는 모습을 머릿속에 그려보며 그는 신중하게 첫 문장을 쓰기 시작했다.

세상이 어떤 식으로 변하든 나는 너의 딸이 좋은 어른이 되
리란 확신이 있어.

거기까지 쓴 뒤, 그녀는 이내 백스페이스키를 여러 번 눌렀
다. 근데 아이에게 내 이야기를 해주고 싶어 글을 쓰기 시작했
다니, 나는 그 말이 그저 놀랍기만 하다. 정말 반가운 소식이
야. 아빠가 된 것, 진심으로 축하해. 커서가 지나가자 앞서 쓴
문장들도 역순으로 모두 지워졌다.

어느 날 불쑥 블로그 안부게시판을 통해 당도한 그의 메시
지에 담백하게 응하지 못하고 있는 건 그동안 연락이 끊긴 것
에 대한 서운함 때문은 아니었다. 서운함이라니, 그녀는 그에

게 그런 감정은 가져본 적도 없었다. 다만 불편했다. 그가 불편한 게 아니라, 그녀가 살아온 시간을 불편해하는 그의 태도가 불편했다.

그애는 너를 닮았을 테니까.

그녀는 이미 지워진 댓글 끝에 덧붙이려 했던 문장을 중얼거리며 블로그 창을 닫았다. 이제 노트북 화면엔 조금 전까지 편집 작업을 했던 콜린의 영상만이 떠워져 있었다. 애나의 아버지인 콜린 앤더슨이 살아 있을 때 그녀가 찍은 영상이었다. 애나가 촬영과 편집을 의뢰한 이 영상은 마음만 먹으면 오늘 밤에라도 완성할 수 있는 단계에 있었지만 약 이 주 후에 열리는 살마의 결혼식 때까지는 영국에 머물러야 하기에 그녀는 작업 속도를 조절하는 중이었다.

아래층에서는 찻잔과 찻주전자가 달그락거리는 소리와 티스푼이 접시나 쟁반에 부딪히는 마찰음이 연이어 들려왔다. 애나가 꿀과 브랜디를 넣은 자기 몫의 홍차와 그녀가 즐겨 마시는 캐모마일차를 준비하는 모양이었다. 살마의 결혼 선물을 사기 위해 시내에 있는 쇼핑몰을 몇 시간에 걸쳐 돌아다니느라 보통 점심식사 이후에 갖곤 했던 티타임을 저녁으로 미루어놓았던 것이 그제야 기억이 났다.

애나와 살마가 한때 가족처럼 지낸 건 그녀의 소개 덕분이었다. 칠 년 전 애나의 초청으로 영국에 온 살마는 삼 년 전 여름까지 이 방에 머물며 공부를 했고 열다섯 살 소녀에서 성인 여성으로 성장했으며 단과대학에 다니면서는 꿈꾸던 대로 아이들을 위한 시민단체에서 일하게 됐다. 그사이 영주권을 획득했고, 이 주 뒤엔 시민단체에서 만난 연인과 결혼식을 올릴 예정이었다. 레스보스섬의 난민 캠프에서는 예측하지 못한 삶이 살마 앞에 펼쳐져온 셈이었다. 하긴, 칠 년 전의 그녀도 런던 덜리치에 있는 애나의 집에서 티타임을 기다리는 이런 저녁을 예측한 적 없었다.

그러고 보니 애나의 집에 거주한 지 어느새 육 개월째로 접어들었다. 28인치짜리 캐리어 가방을 끌고 숲 한가운데 위치한 기차역과 연초록의 생기로 출렁이던 작은 정원—벤저민 고무나무와 수국과 세이지, 장미와 튤립으로 꾸며진 정원이었다—을 지나 애나가 활짝 열어준 하늘색 현관문 안으로 들어섰던 날로부터 벌써 두 계절이 지났다는 것이 그녀는 믿기지 않았다. 붉은 벽돌로 지어진 애나의 이층집은 그녀가 지금껏 살아온 집들은 말할 것도 없고 촬영 때 머물렀던 숙박 시설과도 비교 자체가 불가능할 정도로 아늑하고 고급스러웠다. 무엇보다 보호받고 있다는 안정감을 주는 집다운 공간이어서 가끔은 둥지 안에서 비바람을 피하는 새가 된 기분이 들기도 했다. 오래된 원목 가구와 앤티크한 소품들, 우아한 형태의 여러 조명과 그 조명에서 퍼져나오는 은은한 빛, 네 개의 방과 거실의 내부를 감싸고 있는 연한 노란빛의 벽지가 그녀의 눈에는 모두 그 안정감에 복무하는 듯 보였다.

아래층에서 실버, 하고 부르는 애나의 목소리가 들려왔다. 차가 준비되었으니 천천히 내려오라고 애나는 큰 소리로 이어 말했고 그녀는 의자 등받이에 걸어놓은 숄을 걸치며 곧 내려가겠다고 대답했다.

애나는 그녀에게 다큐멘터리 사진의 영역을 알게 해준 게리 앤더슨의 여동생으로, 게리가 폐암으로 투병하다 예순한 살이라는 이른 나이에 세상을 떠나고 한 계절 정도 지난 뒤 이메일로 처음 연락을 주고받게 됐다. 그녀는 비록 게리를 만난 적은 없지만 그의 사진이 자신에게 남긴 의미를 세상에 알리고 싶어 기고문을 썼는데, 그 무렵 게리의 마지막 사진집을 출간하기 앞서 자료를 수집하고 정리하기 위해 하루에도 몇 번씩 게리의 이름을 검색해보던 애나가 국내 영자신문에 실린 그 글을 읽고는 그녀에게 먼저 이메일을 보내온 것이었다. 2013년 가을, 애나의 그 이메일을 그녀는 가슴 뛰는 흥분 속에서 읽었지만 그때는 애나와 수년에 걸쳐 연락을 이어가게 되리라곤 전혀 짐작하지 못했다. 그녀의 영어 이름인 '실버'를 다정히 불러주는 나이 많은 영국인 친구가 생길 줄은, 그 친구가 살마를 거두게 되고 그녀 자신에게도 숨쉴 공간과 일자리를 제공할 줄은 더더욱……

    왼쪽 다리의 절반을 잃은 이후 그녀는 더이상 분쟁 지역을 활보하며 사진을 찍을 수 없었다. 의족으로 균형을 유지하며 걷는 건 가능했지만 단지 그뿐, 빨리 걷거나 뛰는 건 사실상 불가능했다. 통증 때문이었다. 재활 치료를 꾸준히 받았고 의족을 교체해보기도 했지만 무리해서 걸음을 빨리하거나 뛰기 시작하는 순간 통증은 끈질기게 되살아났다. 예측할 수 없는 위급 상황이 벌어지는 분쟁 지역에서 제 몸의 속도조차 조절하지 못하는 사진가는 쓸모가 없었다. 어쩌면 다른 사람의 목숨을 시시각각 위협하는 시한폭탄 같은 존재가 될 수도 있었다. 아니, 다리는 그저 핑계인지도 몰랐다. 그녀는 이제 폭격기와 폭탄, 총소리가 무서웠다. 그저 강렬한 소리를 낼 뿐인 비행기와 오토바이가 무서웠고 깨질 가능성이 있는 모든 것, 유리창과 거울과 천장에 매달린 형광등이 무서웠다. 길을 걷다 공사 현장과 맞닥뜨리면 걸음을 돌려 먼길로 에돌아가고 갑작스러운 클랙슨 소리나 앰뷸런스의 사이렌소리에 주저앉기도 하는 자신이 무서웠고 그런 자신을 반기지 않을 것만 같은 반군이라든지 시민군, 방송국과 신문사에서 파견된 피디와 기자들, 국제기구나 구호단체 소속의 활동가들이 모두 무서웠다.

일을 하지 않는 동안, 그녀는 간헐적으로 발생하는 저작권료와 사진 판매금으로 근근이 생활했다. 상업용 사진 작업 의뢰가 들어올 때도 있었지만 도무지 의욕이 일지 않았고, 솔직히 자신도 없었다. 고등학교 선배가 운영하는 사진관에서 육 개월이나 일 년씩 여러 신분증에 들어가는 사진을 찍고 편집하는 일을 하기도 했지만 돈이 부족한 건 늘 똑같았다. 어디로든 도망가고 싶었던 그때, 어린 시절의 그 추운 방에서처럼 고요히 소멸하고 싶은 욕망이 은밀하게 움트던 무렵, 애나가 일을 의뢰하면서 비행기 티켓을 끊어주고 방까지 내준 것이었다.

콜린의 일생을 한 편의 짧은 영상으로 제작하는 일……

애나가 그녀에게 맡긴 일을 한 줄로 정리하면 그랬다. 영상에는 주변 사람들이 들려주는 콜린과의 일화와 콜린의 생전 인터뷰가 담길 터였다. 파킨슨병과 치매를 앓던 콜린은 그녀가 영국에 오고 석 달도 안 돼 요양원에서 영면했는데, 그때 그의 나이는 이미 백 세에 근접해 있었다. 그래도, 라고 그녀는 콜린의 장례식 이후 생각하곤 했다. 그래도, 그 석 달 정도가 있어 망각에 완전히 침식되지 않은 순간의 콜린을 카메라에 담을 수 있었고 그것이 자신에게는 큰 행운이었다고. 콜린에게도 행운은 있었다. 그는 아들이 이미 구 년 전에 죽었다는 것을 현실로 인지하지 못한 채 아들의 병문안을 기다리다 세상을 떠났는데, 작은 섬 같은 그 망각의 영역이 콜린을 최악의 고통에서 구원해주었을 거라고 그녀는 믿었다. 영상은 내년 7월, 덜리치의 한 미술관에서 준비중인 게리 앤더슨의 십 주기 추모 전시—게리가 분쟁 지역에서 찍은 사진뿐 아니라 사진이 실린 신문과 잡지, 그가 사진에 대해 남긴 메모들, 애나와 친구들에게 보낸 편지와 그들의 답장 등이 전시될 터였다—에서 상영될 예정이었다. 콜린의 영상을 따로 제작하려는 이유에 대해 애나는, 오빠의 역사에서 아버지는 절대적인 영향을 미친 사람이었으니까, 라고 말한 적이 있었다. 그 영향이 불화의 방식으로 발현되었다는 것을 그녀도 모를 수 없었다. 독일 드레스덴에 소이탄을 퍼부은 영국 공군 소속의 조종사였던 아버지와 평생에 걸쳐 분쟁의 현장을 사진으로 증명하며 반전운동을 한 그의 아들, 그들의 불화는 필연적일 수밖에 없었을 것이다.

그녀는 편집한 파일을 이내 외장 하드에 저장한 뒤 일층으로 내려갔다. 애나는 쿠키를 담은 접시와 찻잔을 테이블에 둔 채 베이지색 소파에 앉아 있긴 했지만 평소와 달리 고개를 깊이 떨군 채 졸고 있었다. 애나는 올해 예순네 살이고 이런저런

병력도 갖고 있어 체력이 좋은 편이 아니었다. 더욱이 오 년
정도의 주기로 어머니와 오빠, 남편과 아버지를 차례로 잃었
으니 그 내면도 허약해져 있으리라. 그녀는 애나를 덮어줄 만
한 담요를 꺼내기 위해 다용도실 쪽으로 걸어가다가 문득 걸
음을 멈추고는 격자무늬 창 밖으로 시선을 옮겼다.

눈이 내리고 있었다.

보이지 않는 실에 이끌려가듯 그녀는 방향을 틀어 창가 쪽
으로 걸었다. 창문 위쪽에 달린 손잡이를 당기자 역삼각형 모
양의 틈이 벌어지면서 눈송이가 빨려들어왔고, 낡은 새시에
부딪힌 바람은 거친 쇳소리를 흡수하고는 광포하게 지나갔다.
영국에 와서 처음 보는 눈이었다. 그러고 보니 이곳에 오기 전
읽은 여행 책자에는 런던이 눈이 거의 내리지 않는 도시로 소
개되어 있었다. 눈이 내려서 그녀 생각이 났다는 그의 안부 글
이 천천히 복기됐다. 서울은 런던보다 아홉 시간이 빠르니 어
젯밤에 그가 올려다본 서울 하늘은 이미 미래로 이동했겠지
만, 그녀는 그가 보았던 눈송이가 시간을 거슬러 여기에 도착
한 것은 아닐까, 생각했다. 하긴, 하늘은 지구라는 커다란 구
안에서 시간을 초월하여 순환하고 구름은 국경 없이 흘러가며
구름 속 얼음 알갱이가 눈으로 변형되는 과정은 그곳이 어디
든 자연의 설계를 따를 수밖에 없으니 어젯밤 서울에 내린 눈

과 오늘 저녁 런던을 찾아온 눈은 결국 똑같다고 여겨도 무방할 터였다.

그를 다시 만난다면, 하고 그녀는 그동안 여러 번 가정해봤다.

칠 년 전 그녀가 시리아에서 부상당한 몸으로 돌아와 추가 수술을 받고 입원해 있을 때 그가 병실을 찾아온 적이 있었다. 그녀는 당황한 채 침대에서 몸을 일으키며 그를 맞았다. 그때 그는 그녀에게 어색한 듯 반갑게 인사하면서도 그녀의 왼쪽 다리―무릎 아래로 부피감 없이 허루하게 내려온 환자복을 보고는 일렁이는 눈동자를 숨기지 못했다. 너는 결국 불행해졌구나, 라고 말하는 듯한 그 눈동자를 그녀는 한 번도 잊은 적이 없었다. 그렇다면 그의 안부 글에 결국 아무런 답을 하지 못한 것은 미래의 재회를 차단하려는, 그녀 자신도 미처 인지하지 못한 그런 의도 때문일까.

그럴지도……

중얼거리며 그녀는 창문을 닫았다. 그새 거실로 흡수된 찬바람에 양뺨이 서늘했다. 그녀는 추위에 익숙하긴 했다. 일평생 익숙했다. 익숙한데도, 추우면 슬픈 기억에 잠식되는 건 어릴 때나 지금이나 똑같았다. 어쩌면 추워서, 추운 것이 싫고 무서워서 사진을 찍기 시작했는지도 몰랐다. 사진을 찍을 때는 빛이 모여들었으니까. 평소에는 지붕 아래나 옷장 뒤편, 아니면 빈병 속처럼 잘 보이지 않는 곳에 얄팍하게 접혀 있던 빛 무더기가 셔터를 누를 때면 일제히 퍼져나와 피사체를 감싸주던 순간만큼은 적어도 춥지 않았으니까. 카메라를 처음 만져본 이후로, 그녀는 그 순간에 매료되지 않은 적이 단 한 번도 없었다.

"그 필름 카메라, 아직도 갖고 있어요?"

그 병실에서 그는 그렇게 묻기도 했다.

일산에서의 인터뷰가 1월에 있었고 그가 병실을 찾아온 게 같은 해 11월이었으니, 그 질문은 그 기간 동안 그가 열두 살의 그녀를 기억해냈다는 걸, 그러니까 열두 살의 그녀가 배고픔과 외로움을 혼자 해결해야 했던 그 방이 그의 머릿속에서 온전히 복원되었다는 것을 의미했다.

카메라는 그가 그녀의 방으로 가지고 온 것들 중 하나였다.

여름방학이 끝나고 새 학기가 시작됐지만 그녀는 자주 결석했다. 곧 데리러 오겠다는 말을 남기고 떠난 엄마는 오 년째 연락조차 없었고 아빠가 귀가하지 않는 시간은 전에 없이 오래 지속되던 그때, 그녀에게는 아침마다 씻고 옷을 갈아입고 가방을 챙겨 방밖으로 나가는 것이 점점 어려운 일이 되어갔다. 그가 학급 대표로 그 방을 찾아온 건 그녀의 상태를 파악할 수 있는 다른 방법이 없어서였을 것이다. 휴대전화가 상용

화되지 않은 시절이었고 그녀의 집에는 유선 전화기도 없었으니까. 한 번에 그칠 줄 알았던 방문은 그날 이후에도 계속 이어졌고 그때마다 그의 손에는 무언가가 들려 있곤 했다. 손때가 묻은 학용품일 때도 있었고 학교에서 필기한 공책일 때도 있었으며, 스노볼에 들어가는 건전지라든지 모직 담요처럼 용돈을 털어 산 것으로 보이는 용품을 건넨 적도 있었다. 비닐봉지에 담긴 쌀과 반쯤 쓴 치약, 라면 몇 봉지를 내놓은 날도 있었는데, 아마도 집에서 가족 몰래 챙겨온 것이리라 그녀는 짐작했다. 그의 아버지가 일본에서 사왔다는 후지사의 반자동 필름 카메라를 가져온 날은 이틀에 걸쳐 내리던 가을비가 그친 다음날이었다.

끈이 달린 가죽 케이스를 벗겨내자 카메라가 드러났다. 카메라의 표면은 차갑지 않았고 오톨도톨한 물리적인 촉감은 재미있었다. 그가 돌아간 뒤, 그녀는 방안의 사물들을 하나둘 찍으며 레버와 셔터, 타이머의 용도를 혼자 터득해갔다. 춥지 않다고, 이상할 만큼 하나도 춥지 않다고 거듭 생각하면서…… 필름이나 배터리를 교체하는 방법이라든지 감광도와 노출, 셔터 스피드를 조절하는 원리 같은 것, 혹은 앵글과 포커스의 활용법을 알게 된 건 훨씬 더 많은 시간이 흐른 뒤였지만, 그때는 그런 것을 몰라도 상관없었다. 카메라에 담을 풍경을 채집

하기 위해 그녀는 조금씩 외출을 시작했다. 포대기로 아기를 업은 할머니와 낙서가 된 벽 앞에서 고무줄놀이를 하는 아이들, 볕을 쬐는 강아지와 어느 집의 금이 간 유리창 같은 것을 그녀는 찍었다. 벌레 먹은 나뭇잎 구멍 너머로 비행운이 흩어지는 하늘과 완벽한 규칙과 질서로 조직된 거미줄, 그리고 그 거미줄 끝에서 자신의 왕국을 내려다보는 작은 거미도 찍었다. 아빠의 옷들을 샅샅이 뒤진 끝에 겨우 발견한 지폐를 들고 동네 사진관에 인화를 맡긴 뒤 새 필름 넣는 방법을 배우기도 했다. 그리고 그다음날, 그녀는 카메라를 가방에 넣고 한 달 만에 학교에 갔다. 더 많은 풍경이 필요했다. 그에게 더이상 자신의 집에 찾아오지 않아도 된다는 무언의 메시지를 전하고 싶어서이기도 했다.

아마, 그랬을 것이다.

"갖고 있죠, 당연히."

카메라를 둘러싼 지난날을 떠올리며 고적한 병실에서 그렇게 대답하는데, 이유도 모른 채 그녀는 목이 메었다.

그 방을 떠나 수원에 있는 보육원에 들어갈 때도, 열아홉 살 겨울에 보육원에서 퇴소해 또다른 허름한 방들을 전전할 때도, 사진을 찍기 위해 처음으로 비행기를 타던 날에도 그가 준 카메라는 그녀의 가방 안에 있었다. 새 카메라들이 생겨도, 카메라 수리점에서 셔터 박스의 핵심 부품에 문제가 생겼고 오래된 기종이라 똑같은 부품을 구하는 게 쉽지 않을 거라는 말을 들은 뒤에도 버리지 않았고 버리겠다는 생각조차 한 적 없었다. 오히려 집에 불이 나거나 피할 수 없는 자연재해로 최소한의 짐만 싸서 피난을 가야 하는 상황을 상상할 때마다 가장 먼저 챙겨야 하는 물품 목록에 늘 그 카메라가 있었다.

"고맙네."

그가 말했다. 뒤이어 그녀가 내가 고맙지, 라고 자연스럽게 존대의 표현 없이 대답한 순간 두 사람은 멋쩍다는 듯 함께 웃었다. 웃었지만, 그녀는 또다시 그의 일렁이는 눈동자를 마주봐야 했다. 침대 옆 선반에서 급하게 메모지를 집어들어 블로그 주소를 적은 뒤 그에게 건넨 건 충동적인 행동이긴 했지만 그때는 그렇게밖에 하지 않을 수 없었다. 그에게 말하지 않았고 말할 수 없었던 것을 그 블로그에 기록된 편지들을 통해서라도 전하고 싶었으니까. 나는 가엾은 사람이 아니라는 말, 위험하게 살았고 결국 그 위험을 피하지 못해 다리 하나를 잃었지만 그것이 내 삶의 전부가 아니라는 말을 그녀는 하고 싶었다.

다용도실에서 꺼내온 담요를 무릎에 덮어주자 애나는 갓난아기처럼 입술만 옴쭉댈 뿐 깨지는 않았다. 애나는 그녀의 엄마 또래였지만 그녀는 가끔 애나가 딸처럼 느껴질 때가 있었다. 바로 지금처럼. 애나가 깨어나면 반가운 친구에게서 메시지가 왔다고 전해주리라. 그 친구에게서 받은 카메라를 품에 안은 채 걷고 또 걷다보니 사진이나 영상을 찍는 일 외엔 아무것도 할 줄 아는 게 없는 사람이 되어버렸다는 말도 털어놓고 싶었다. 창밖으로 여전히 눈송이가 흩날리는 게 보였다. 창문 크기만한 바깥의 풍경 어딘가에 장착돼 있을 태엽을 상상하며 그녀는 최대한 작게 몸을 움츠리고는 눈을 감았다. 오래전, 잠들기 직전 마지막으로 스노볼의 태엽을 감고 난 뒤면 늘 그랬듯이.

2022년 12월 6일

아이가 평소보다 이른 시간에 잠든 저녁, 승준은 오랜만에 민영과 마주앉아 저녁식사를 했다. 낮에 백일용 옷과 장신구를 대여하는 상점들을 둘러보느라 아이와 함께 외출을 감행했는데, 그 외출이 아이를 꽤나 고단하게 했던 모양이었다. 하긴, 병원과 산후조리원, 집 사이를 이동할 때를 제외하면 아이에게는 생애 첫번째 외출다운 외출이긴 했다.

식탁을 내리비치는 펜던트 조명의 연주황빛은 아늑했고 민영이 끓인 뭇국은 달고 따뜻했다. 대화는 자연스럽게 두 사람의 일과 육아로 흘러갔다. 승준은 한 달 뒤면 회사에 복귀할 예정이었고, 민영은 당분간 외주로 교정 일을 받아와 재택근

무를 하며 육아에 집중하려 한다고 말했다. 십 년 넘게 다녔던 출판사에 돌아갈 생각은 없지만, 대신 아이가 어느 정도 자라면 독립 출판사를 한번 차려보고 싶다고도 했다. 승준은 바로 지지의 뜻을 밝혔다. 그가 보기에 민영은 틀리거나 어색한 문장을 찾아 수정하고 윤문하는 일보다 세상에 없던 책을 만들어내는 일에 더 재능이 있었다. 승준의 이름으로 출간된 첫 책— 동시에 마지막 책이 될 가능성이 높다고 승준은 생각해왔다— 을 기획하고 편집한 사람도 바로 민영이었다. 승준이 문화계 신진들을 인터뷰한 글들을 모은 일종의 인터뷰집인 그 책에는 당연히 권은과의 인터뷰도 실려 있었다.

"참, 아까는 무슨 전화였어?"

민영이 승준의 국그릇에 뭇국을 새로 떠주며 물었다. 식탁을 차릴 때 경화 선배에게서 온 전화를 받기 위해 발코니로 나가 길게 통화를 했던 것이 떠올랐다. 곧 있을 첫 인터뷰 전에 인터뷰이에 대한 정보와 승준이 작성한 질문 목록을 교환하기 위한 통화였다.

"석사 때 선밴데, 이번에 프로젝트 하나를 같이하기로 했거든."

승준은 민영에게 경화 선배의 프로젝트를 간략하게 설명한 뒤 고민 끝에 자신도 인터뷰 꼭지 하나를 맡게 됐다고 밝혔다.

나스차, 승준이 인터뷰로 만나게 될 우크라이나 여성의 이름이었다. 민영의 마음엔 이미 그때부터 미세하게 금이 가 있었겠지만 아무것도 눈치채지 못한 승준은 나스차에 대한 소개를 이어갔다.

전쟁 전까지 법인 회사의 변호사로 일했던 나스차는 현재는 일을 그만두고 약사인 남편과 함께 우크라이나의 동북쪽 도시인 하르키우 외곽에 거주하고 있었다. 그녀가 공습이 반복되고 정전과 단수가 빈번하게 일어나는 하르키우를 떠나지 못하는 건, 첫째는 남편에게서 약을 구하려는 사람들이 아직 그곳에 많이 남아 있어서였고 둘째는 최근 자신이 임신 육 주 차에 접어들었다는 것을 알게 되어서였다. 나스차는 한때 임신을 기다렸고 준비도 했지만, 그건 전쟁이 일어나기 전의 사정이었다. 아이를 낳으면 변호사 일을 그만두고 그림책이나 동화책을 쓰는 작가로 살고 싶다는 꿈이 있었고 그 꿈을 투명하도록 정직하게 욕망하는 것이 가능했던 시절…… 나스차와 인터뷰를 하기 전이었으므로, 사실 나스차에 대한 그 모든 정보는 승준이 경화 선배를 통해 알게 된 것이긴 했다. 나흘 전, 인터뷰이들의 간략한 신상을 정리해서 보내온 경화 선배의 이메일을 읽자마자 승준은 바로 나스차와의 인터뷰를 자청하는 답장을 보냈다. 그동안 고민했던 시간이 무색할 정도로 순식간에 프로젝트 참여를 결정한 셈이었는데, 나스차가 엄마가 될 예정이라는 이유만으로 그녀와 이야기를 나누고 싶다는 의욕이 일었기 때문이었다. 일에 관한 한 그런 단순한 의욕은 그리 자주 찾아오지 않을뿐더러 뜻밖의 결과를 가져다주는 기회가 될 수 있음을 승준은 경험으로 잘 알고 있었다.

"이제 육아휴직도 끝나가는데, 나랑 상의도 없이 가욋일을 맡았다고?"

승준의 설명을 들은 민영이 식탁에 놓인 가자미구이를 건성으로 헤집으며 그렇게 물었을 때에야 승준은 슬쩍 민영 쪽을 보며 표정을 살폈다. 민영의 얼굴은 굳어 있었는데, 승준은 그녀가 자신의 가욋일로 인해 혼자 육아를 감당해야 하는 상황을 걱정하는 거라고만 짐작했다.

"확정한 지 며칠 안 됐어. 시간을 많이 할애해야 하는 인터뷰는 아니니까 집에서 내가 할 일은 당연히 약속한 대로 할 거고."

"내 말은 그게 아니라……"

민영이 갑자기 젓가락을 탁 내려놓으며 신경질적으로 대꾸했고, 그 순간 승준의 마음 밑바닥에도 조금씩 화가 차오르기 시작했다.

"아니면?"

"지유 이제 겨우 백일인데 그런 일을 지금 꼭 해야겠느냐고, 내 말은."

"그런 일이라니? 그리고, 인터뷰랑 지유가 무슨 관련이 있다는 거야? 좀 알아듣게 말해봐."

"언제 죽을지 모르는 사람의 말을 들어야 하는 일이잖아."

"……뭐?"

"갓 태어난 아이를 돌봐야 하는 동안만큼은 좋은 거, 좋고 따뜻하고 아름다운 거, 그런 것만 보고 들으면 안 되는 거야?"

"민영아……"

그쯤에서 승준도 젓가락을 내려놓을 수밖에 없었다. 지유를 향한 민영의 근심은 가끔씩 이렇게 그가 감당할 수 없을 만큼 비약했다. 단단하고 유연한 사람으로 보였던 연애 시절과 결혼 초기의 모습은 허상이 아니었나 싶을 정도로, 지유가 태어난 뒤부터 민영은—적어도 승준의 눈에는—지나치게 유약하고 예민한 사람으로 돌변하곤 했던 것이다.

"당신 말대로 지유는 갓 태어난 애야. 대체 지유가 내가 뭘 보고 듣는지 어떻게 알아차릴 수 있다는 거야? 설혹 우리 애가 내 말을 다 알아듣고 내 감정을 눈치챌 수 있다 해도 당신이 지금 이상한 건 마찬가지야. 언제 죽을지 모르는 사람이라니, 어떻게 그런 표현을 쓸 수가 있어?"

승준의 말이 끝나자 민영은 후, 하고 한숨을 내쉬었고 이내 두 손바닥으로 얼굴을 거칠게 쓸었다. 승준은 민영이 지금 얼마나 과장되고 비상식적인 불안에 짓눌려 있는지 인정하길 바랐지만, 이어지는 민영의 말은 그런 바람을 무색하게 했다.

"어쨌든, 나는 아픈 마음 하나 없이 지유를 키우고 싶어. 적어도 지유가 사리 분별을 하기 전까지는, 속물이든 멍청이든 누가 뭐라 비난하든, 나는 당분간은 좋은 것만 보고 살 거야. 그러니까……"

"……"

"그러니까, 당신이 그 인터뷰를 기어코 하게 되더라도 집에서는 그 이야기 안 하면 좋겠어. 앞으로도 말이야."

"……"

승준의 대답을 기다리지도 않고 연달아 말을 내뱉은 민영은 곧바로 다시 수저를 들더니 최대한 빨리 식사를 끝내겠다는 듯 밥이든 국이든 크게 떠서 입안으로 밀어넣었다. 당신 생각이 뭐가 중요해? 그렇게 묻고 싶은 것을 참기 위해 승준은 시선을 식탁 아래로 떨어뜨렸다. 임신 육 주 차에 접어든 여성이 공습이 이어지는 도시에 남겨진 현실이 분명히 존재하는데, 아이가 아이일 동안에는 좋은 것만 감각하고 싶다는 당신 혼자만의 생각이 대체 왜 중요한데? 인내심을 잃고 그런 질문을 쏟아낸다면 오늘 저녁 우리는 분명 서로에게 되돌릴 수 없는 상처를 남기게 되리라.

식사가 끝난 뒤 승준이 식탁 뒷정리를 맡겠다고 말하자 민영은 고맙다고 짧게 대답하고는 지유가 잠들어 있는 안방으로 들어갔다. 고무장갑을 끼고 설거지를 하며 승준은 머릿속을 비워내기 위해 애썼다. 민영은 지유 곁에서 그새 잠들었는지 안방 문 너머는 조용했다. 설거지를 마친 뒤 슬며시 문을 열어보자 방안은 두 사람이 내뱉는 숨소리와 순한 살냄새로 가득했고, 승준은 최대한 조용히 다시 문을 닫았다.

음식물 쓰레기도 버릴 겸 찬바람을 맞으며 걷고 싶다는 생각에 그는 곧 패딩을 껴입고 현관문 밖으로 나갔다. 아파트는 연희동 주택가와 홍대 사이에 위치해 있었는데, 평소 그는 천변과 맞닿은 주택가 쪽을 산책 경로로 선호해왔지만 오늘은 홍대 쪽으로 방향을 잡았다. 지유가 태어난 이후 번화가를 걸어본 적이 없어서인지 오랜만에 그 특유의 열기가 그리웠다.

사회적 거리 두기가 해제되고 처음 맞는 연말의 홍대 거리는 사람들로 북적였다. 여기저기서 최신 댄스곡과 캐럴이 섞인 채 들려왔고, 알전구로 휘감긴 크리스마스트리를 입구에 꺼내놓은 상점도 있었다. 기껏 열기를 좇아 홍대 쪽으로 왔으면서도 어느 순간부터 승준은 인적이 드문 골목만 찾아 걷기 시작했다. 걸음이 갑자기 멈춘 곳은 이미 문을 닫은 한 소품 상점의 쇼윈도 앞이었다.

쇼윈도 너머로 스노볼이 보였다.

불 꺼진 상점의 매대 위에서 유일하게 불을 밝히고 있는, 사시사철 눈이 내리는 둥글고 투명한 세계 하나……

"거, 거기, 권은네 집, 맞아요?"

비둘기색 현관문—대문이나 마당도 따로 없이 골목길 중간에 불쑥 나타난 그 현관문은 그로서는 그때껏 한 번도 본 적 없던 형태의 집 입구였다—앞에서 주눅든 목소리로 그렇게 묻던 열두 살의 그가 상점 쇼윈도에 얼비치는 듯했다. 지도 앱 같은 것은 아직 세상에 존재하지도 않던 시절, 초등학생이었던 자신이 어떻게 종이에 적힌 주소만 보고 낯선 동네에 있는 그 집을 찾아갈 수 있었던 것일까, 승준은 지금도 그것이 의아할 때가 있었다.

사실 그때는 버스를 타고 누군가에게 길을 묻고 모르는 골목을 걷는 여정을 기억에 새길 여유도 없었다. 의지와는 상관없는 그 여정을 빨리 끝내고 싶은 마음뿐이었으니까. 그날 종례를 마친 담임이 그와 부반장을 교무실로 불러 권은이란 학생이 연락도 없이 나흘째 결석중이니 상황이 어떤지 보고 오라고 심부름을 시켰을 때 그는 당황했다. 1학기 내내 대화도 거의 나눠본 적 없는 여학생의 집에 찾아가야 하는 심부름이 그에게는 큰 부담으로 다가왔던 것이다. 더욱이 부반장은 교무실을 나서자마자 피아노 교습이 있다며 발을 빼버려 부담감이 가중됐는데, 그렇다고 2학기 학급 대표에게 주어진 첫 임무를 외면할 수도 없었다.

권은 집 맞느냐고, 권은 있느냐고, 그렇게 몇 번을 물어도 안에서는 대답이 없었다. 용기를 내어 현관문을 당기자 뜻밖에도 문이 열렸고 그 순간 오랫동안 환기되지 않은 공간 특유의 눅눅한 냄새가 훅 끼쳐왔다. 현관문은 신발장이나 거실도 없이 깜깜한 방과 곧바로 이어졌는데, 더디게 암순응이 찾아오면서 이불을 뒤집어쓴 채 고개만 삐죽 내민 권은과 그애가 품에 안고 있던 스노볼이 얼핏 눈에 들어왔다. 그 방에는 신발장과 거실만 없는 게 아니었다. 창문도 없었고 화장실과 주방이라 할 만한 공간도 따로 없다는 걸 그는 단박에 파악할 수 있었다.

어느 순간 태엽이 다 풀린 스노볼은 작동을 멈췄다. 승준은 스노볼을 물끄러미 내려다봤다. 그 스노볼의 의미를 승준은 많은 시간이 흐른 뒤에야, 그러니까 어른이 되어 그녀가 블로그에 남긴 편지를 읽은 뒤에야 알게 될 터였다.

"학교에는 비밀로 해줘."

그날 그녀는 그에게 그렇게만 말했을 뿐이다.

"나는 고아가 아냐. 보호시설 같은 덴 절대 안 가."

제법 단호한 목소리로 그녀는 이어 말했고 그는 얼결에 고개를 끄덕여 보일 수밖에 없었다. 이불 밖으로 나온 그녀가 손님 대접용으로 내놓은 물은 미지근하고 비릿한 냄새마저 나서 한 모금 이상 마시지도 못한 채였다. 너는 어서 가. 나는 괜찮아. 그건, 그녀가 그의 등을 떠밀며 한 말이었다.

다음 날 그는 담임에게 권은이 아프다고 둘러댔다. 해쓱하고 깡마른 그애의 상태를 생각하면 아주 틀린 말도 아니었다. 한 시간도 안 되는 수업을 하면서도 수십 번씩 하품을 하고 표정에는 거의 변화가 없던 담임—아마도 지금 그의 나이였을 중년의 그녀는 그가 전하는 말에는 신경도 쓰지 않는 눈치였다. 그날 이후 그는 권은이 죽을지도 모른다는 상상에 자주 빠져들곤 했다. 권은이 죽는다면, 하고 가정하는 것만으로도 숨이 막혀왔다. 어떤 날은 같은 반 아이들이 반장 때문에 권은이 죽었다고 수군거리는 환청을 듣기도 했다. 누가 시키지도 않았지만 그후로 몇 번 더 권은의 방을 찾아간 건 숨이 막혀오고 환청이 들리는 게 싫어서였을 뿐, 열두 살의 그에게 현실적인 대책 같은 건 없었다. 학용품이니 치약이니 하는 사소한 것들을 부려놓고도 그 방을 쉽게 떠나지 못하고 있으면 권은은 매번 똑같이 말했다.

"너는 어서 가. 나는 괜찮아."

인터뷰 기사가 나간 뒤 고맙다는 인사를 전하기 위해 전화를 걸어온 권은에게 술이나 한잔하자고 제안한 것도—그녀를 아직 기억해내지 못한 시점이었다—, 돌이켜보면 스노볼이 계기가 됐다. 그 전화를 받기 며칠 전, 승준은 조카의 생일 선물을 사러 대형 마트에 갔다가 장난감 코너에서 스노볼을 발견하게 됐는데, 그 사물에는 권은이 인터뷰 때 창밖으로 내리는 눈을 보며 한 말—태엽이 멈추면 빛과 멜로디가 사라지고 눈도 그치겠죠—이 고스란히 재현되어 있었다. 승준은 조카의 선물을 골라야 한다는 것도 까맣게 잊은 채 순환하는 눈 속에 에워싸인 이국의 시골 마을을 한참 동안 넋 놓고 바라보았다. 색색의 뾰족한 지붕이 얹힌 집들과 작은 성당으로 구성된 마을이었다. 붉은색 목도리에 얼굴을 묻고는 한쪽 스니커즈 끝으로 바닥을 톡톡 치고 있던 그녀가 그 마을에 산다면 퍽 어울리겠다고, 그때 그는 잠시 생각했다.

약속은 어렵지 않게 잡혔다. 먼저 만남을 제안한 사람은 승준 자신인데도, 약속 장소와 시간을 조율하는 내내 어색해했던 기억이 났다. 그때껏 승준은 인터뷰이와 사적으로 따로 만난 적이 한 번도 없었고 그럴 필요성을 느껴본 적도 없었으니까.

그 두번째 만남이 없었다면 어땠을까.

승준은 그날 이후 오랫동안 골똘히 가정해보곤 했다.

그랬다면 그는 그녀를 다큐멘터리 사진가로만 알고 지냈을 것이고, 게리 앤더슨의 다큐멘터리인 〈사람, 사람들〉과 알마 마이어에 대해 아무것도 듣지 못했을 것이며, 뉴욕에 출장을 가 있는 동안 그 다큐멘터리를 보기 위해 굳이 따로 시간을 내지도 않았을 것이다. 그녀가 대규모 난민 캠프가 있는 그리스의 레스보스섬으로 떠날 예정이란 얘길 듣지 못했을 것이고, 몇 달 뒤 시리아에서 다리를 다친 그녀의 소식을 접하게 되더라도 잠시 착잡해하다 말았을 터이다.

승준은 고개를 들어 다시 스노볼과 스노볼 위로 겹쳐지는 자신의 얼굴을 물끄러미 건너다봤다. 어린 권은의 얼굴과 병실에서 보았던 서른다섯 살의 그 수척한 얼굴이 쇼윈도 안에 함께 있었다. 돌이켜보면, 뉴욕에서 〈사람, 사람들〉을 관람한 뒤 한참 동안 맨해튼 거리를 걷다가 발견한 악기 상점 앞에서도 그는 지금처럼 우두커니 서 있는 것 외엔 아무것도 할 수 없었다. 상점 안에는 여러 종류의 악기가 진열되어 있었고 그중엔 바이올린도 있었다. 그때 그 악기 상점의 쇼윈도를 건너다보며 그가 상상한 것은 알마 마이어가 되살아나 바이올린을 켜는 모습이었을까, 아니면 그런 알마 마이어를 눈으로 그려

보는 상상 속 권은의 웃는 얼굴이었을까.

어쩌면 둘 다였는지도 모르겠다.

그는 스노볼이 있는 소품 상점에서 이내 돌아섰고, 다시 걷기 시작했다.

그녀가 어디에서 무얼 하며 사는지도 모른 채 지나온 칠 년의 세월이 곧 무심함의 환산치였다는 걸 천천히 곱씹으며……

살마와 나흘 뒤면 살마의 남편이 되는 딜런을 만나기로 한 런던대학교 근처의 서점에 들러 서가를 구경하며, 그녀는 밤사이 블로그 안부게시판에 새롭게 올라온 그의 메시지를 떠올렸다. 그는 지난밤에 무작정 거리를 걸었고 캄캄한 상점의 쇼윈도 너머에서 스노볼을 발견했다고 썼다. 스노볼이 그의 마음속에 그녀와 관련된 장면들을 소환했을 테지만 그는 그것에 대해서는 아무것도 쓰지 않았고, 대신 뉴욕으로 출장을 갔을 때 게리 앤더슨의 〈사람, 사람들〉을 관람할 기회가 있었다고만 덧붙였다. 그가 뉴욕까지 가서 그 다큐멘터리를 관람하리라곤 전혀 짐작하지 못한 채 그에게 그 다큐멘터리에 대해 이야기해준 날이 떠올랐다.

앙상한 회색 나뭇가지 끝에서 연둣빛의 작은 잎사귀들이 가까스로 그 형태를 갖추어가던 2월 말, 을지로입구역 근처에 있는 술집에서 그를 다시 만났었다. 인터뷰 이후 한 달 정도 시간이 흐른 시점이었다. 그녀는 인터뷰가 끝난 뒤에도 그를 생각하곤 했다. 아니, 그에 대해 생각하지 않는 건 불가능한 날들을 보냈다. 인터뷰 기사가 실린 잡지를 우편으로 받은 뒤 용기를 내어 그에게 전화를 한 건 후지사의 반자동 필름 카메라에 대해 할말이 있어서였다. 그 말을 하고 나면 그의 기억은 분명 되돌아올 터였다. 그 이후를 생각한 건 아니었다. 그저 한 번쯤은 그에게 정식으로 고맙다는 말을 하고 싶었을 뿐이었다. 자신을 기억조차 하지 못하는 그에게 무슨 말부터 해야 할지 알 수 없어 바로 알은체를 하지 못한 것이 인터뷰 이후 계속 후회로 남아 있기도 했다.

하지만 그날, 오랫동안 하고 싶었던 그 말은 성대와 혀 안쪽과 입술 주변에서 자꾸 미끄러지기만 할 뿐, 완전한 문장으로 발화되지 못했다. 진지한 대화를 나누기에는 술집이 다소 소란스러운데다 어쩐지 선뜻 말할 용기가 나지 않아서였다. 카메라, 라고 애써 화두를 던져놓고도 그와 시선이 마주치면 금세 다른 이야깃거리를 찾아내어 두서없이 떠들어대는 식이었다. 〈사람, 사람들〉이 화제에 오른 것도 그런 맥락에서였을 것이다. 몇 달 뒤 그녀는 레스보스섬에 위치한 난민 캠프로 촬영을 떠날 예정이었는데, 그곳은 게리 앤더슨이 생애 마지막으로 촬영을 간 곳이었다. 2013년, 그때 그는 이미 폐암 말기 판정을 받은 상태였지만 병원이 아니라 난민들이 하나둘 모여들기 시작한 레스보스섬으로 갔고, 같은 해 여름 레스보스섬 어딘가의 임시 병원에서 죽음을 맞기 전까지 난민들을 찍는 일에 온전히 몰두했다.

인터뷰 때 가장 좋아하는 사진가라고 하셨죠? 아니, 기자였던가? 둘 다예요. 로이터통신에서 사진기자로 활동하다가 나중에는 소속 없이 혼자 다니며 사진을 찍었으니까요. 그날 그와 그런 대화를 나눈 것이 어렴풋이 기억났다. 이야기는 게리가 찍은 유일한 영상 다큐멘터리인 〈사람, 사람들〉로 이어졌고 이내 그 다큐멘터리의 출연자들로 확장됐다. 노먼 마이어—그는 다큐멘터리의 주인공이었다—의 어머니이자 바이올리니스트였던 알마 마이어에 대해 말할 때 그녀의 목소리는 가장 고조됐을 터였다. 어젯밤 쇼윈도 앞에서 그는 알마 마이어도 떠올렸을까. 그녀는 궁금했다. 나와 닮은 사람이라고, 다른 시대와 다른 지역에서 살았다는 게 무의미할 정도로 닮았다고, 을지로 술집에서 그녀는 그런 말도 했는데 그 말의 뒤편에는 열두 살의 그녀가 그 작고 추운 방에 모로 누운 채 끝없이 죽음을 생각하던 시간이 감춰져 있었다는 것을 이제 그도 다 알고 있는 걸까. 그 방에 막상 단둘이 있다보면 괜히 어색하고 쑥스러워 일부러 차갑게 대할 때도 많았지만, 사실은 아무도 몰래 그를 기다리곤 했었다는 것을……

서점의 포토그래피 코너로 들어섰을 때 살마의 문자메시지가 도착했다. 도로 공사로 차가 막혀 지하철로 갈아탔으니 바로 식당에서 만나자는 내용이었다. 이어서 살마는 식당의 이름과 주소를 보내왔는데 차이나타운 안에 자리한 그 식당이 시리아를 포함한 이슬람 국가들의 음식을 파는 곳이란 건 이미 들어 알고 있었다.

그녀는 곧 사진집 하나를 골라 계산한 뒤 거리로 나섰다. 외출할 때면 휴대전화보다 먼저 챙기는 DSLR 카메라를 가방에서 꺼내 걷는 틈틈이 셔터를 눌렀다. 런던의 번화가를 걷는 건 어쩌면 이번이 마지막일 수도 있었다. 그사이 그녀는 콜린의 일생을 담은 영상의 편집을 마무리한 뒤 애나에게 건넸고, 벽장 안에 넣어둔 28인치 캐리어를 꺼내 조금씩 짐을 싸놓기도 했다. 오늘 약속은 일주일 앞으로 다가온 그녀의 귀국 계획을 알게 된 살마가 딜런과 함께 식사를 대접하고 싶다며 마련한 자리였다. 그러고 보니 그동안 살마와 딜런을 바깥에서 따로 만난 적이 없었다. 그들은 주로 애나의 집에서 모였고 가끔은 그녀가 애나와 함께 살마와 딜런의 집을 방문하기도 했는데, 그런 날이면 애나도 평소 절제하던 와인을 양껏 마시곤 했다.

아침부터 비가 오다 그치기를 반복해서인지 이제 정오가 조금 지난 시간인데도 대기는 엷은 어둠에 침식되고 있었고 구름은 마치 비를 쏟아내겠다는 의지라도 있는 듯 성급히 모여 증식했으며, 거리 곳곳에서는 젖은 낙엽들이 바람의 결을 따라 빙글빙글 돌거나 사방으로 흩어지고 있었다. 피켓과 깃발을 들고 행진하는 시위대—피켓의 내용으로 유추했을 때 공공 의료 분야의 종사자들이 참여한 시위인 듯했다—와 그들을 비호하는 야광 점퍼 차림의 경찰들을 목격한 건 토트넘 코트 로드 역을 지나갈 때였다. 뉴스에서 비폭력적인 시위가 보도되는 걸 본 적은 많았지만 직접 목격한 건 처음이었다. 올해 들어 영국에서 빈번하게 일고 있는 시위는 가파르게 오르는 물가와 그 물가를 따라가지 못하는 정체된 임금이 주요 원인이라고 했다. 그녀가 영국에 와서 만난 모든 사람들—애나와 애나의 장남인 데이비드, 데이비드의 아내, 그리고 콜린을 촬영하는 동안 짧게나마 대화를 나눴던 요양원 직원과 환자 보호자, 심지어 식당이나 커피숍의 옆자리 손님마저 치솟는 물가와 가난해지는 영국을 걱정했다. 앞으로도 영국의 경제가 암울하리란 걸 예감하지 않는 영국인은 없어 보였다.

데이비드와의 티타임을 그녀는 괴롭게 상기했다.

프로축구팀의 물리치료사이자 두 아이의 아버지인 데이비드는 유럽연합 탈퇴라는 브렉시트에 반대하면서도 난민이나 이민자의 유입에 대해서는 대다수의 브렉시트 지지자처럼 부정적인 입장을 취했다. 그녀의 눈에는 모순적으로 보였지만, 그는 자신의 입장이 실리를 추구하는 합리성에 기반한다고 여기는 듯했다. 지난주, 아이들이 놓고 간 축구공을 찾으러 애나의 집에 잠시 들렀다가 티타임에 동참하게 된 데이비드는 애나가 살마의 결혼을 알리며 자랑스러워하자 그 건강해 보이던 미소가 순식간에 증발해버린 굳은 얼굴—그녀의 의족을 내려다볼 때 종종 그녀에게 들키곤 했던 바로 그 얼굴로 어머니는 더이상 부자가 아니라고, 그러니 살마의 결혼에 재정적인 지원을 하지 말라고 충고했다.

"어머니가 부자가 아닌 것처럼 영국도 더는 부자가 아니고요. 어머니는 영국의 아이들이 굶고 있다는 뉴스를 본 적이 없나봐요."

명백하게 비꼬는 그 말투는 세 사람 사이의 공기를 순식간에 얼어붙게 했다. 애나는 괜한 오해로 꾸중을 들은 어린아이처럼 두 눈을 끔벅였고 그녀는 그들의 대화에 관심 없는 척 찻

잔만 뚫어지게 내려다봤다. 데이비드가 어머니의 집으로 시리아 난민을 끌어들인 그녀를 은근히 원망해왔다 한들 그녀에게는 전혀 타격이 되지 않겠지만, 아들의 존중을 받지 못하는 것에 애나가 수치심을 느낀다면 그것은 그녀 안에서 감당하기 힘든 슬픔으로 응결될 터였다.

그날 데이비드가 돌아간 뒤 애나는 내내 우울해 보였고, 계속 말이 없다가 저녁식사를 할 때에야 먼저 낮의 일을 화제에 올렸다. 데이비드가 아주 틀린 말을 한 건 아니라고, 실버가 한국으로 돌아가면 집을 팔아 데이비드와 둘째 아들 에벌린—에벌린은 스코틀랜드에 있는 해양연구소의 생태학 연구자였는데, 그와는 콜린의 장례식 때 잠시 대화를 나눈 게 다였지만 그가 데이비드와 달리 어머니가 선택한 삶의 방식을 깊이 존중한다는 걸 파악하는 데는 그 짧은 대화만으로 충분했다—에게 그 돈의 일부를 나눠준 뒤 더 작은 집으로 이사하는 것을 고민해보려 한다고 애나는 말했다. 혼자 살기에 이 집이 너무 큰 건 사실이야, 라고 덧붙이며 애나는 넉넉한 웃음을 지어 보이기도 했는데 그녀는 그 웃음 덕분에 얼마간 안도할 수 있었다. 아버지의 유산과 은행장이었던 남편 앞으로 나오는 연금 덕에 지금까지 부유하게 살아온 것으로 충분히 만족한다고, 유산은 꾸준히 줄고 있고 연금은 오르는 물가를 반영하지 않으니 이제는 집을 처분하는 게 합리적인 선택일 거라고, 웃음 끝에 애나는 담담히 말했다.

차이나타운으로 이어지는 횡단보도에서 신호를 기다리던 중, 그녀의 카메라 뷰파인더에 레스토랑 야외 테이블에 남겨진 피자를 유심히 지켜보다가 재빨리 크로스백 안에 집어넣는 젊은 백인 남자가 잡혔다. 남자는 노숙자로는 보이지 않았다. 오히려 단정하고 신뢰가 가는 인상이었다. 그녀는 끝까지 셔터를 누르지 않은 채 남자가 큰 걸음으로 레스토랑에서 멀어지는 모습을 가만히 지켜보기만 했다.

살마를 만난 뒤부터 그녀는 사람을 찍는 것이 쉽지 않았다. 확신할 수 없었으니까. 사진이 옳은지에 대해, 가령 배고픈 사람이나 다친 사람에게, 혹은 가족이나 연인, 이웃이 죽는 걸 목격한 적 있는 사람에게 카메라를 들이미는 것이 과연 맞는지에 대해…… 각자의 공간과 시간에서 그 사진을 접하게 될 익명의 사람들이 사진 속 고통을 미술작품처럼 관람하는 것에 그치거나 총알과 포탄이 부재한 자신의 현실에 오직 안도할 뿐이라면, 그런 사진이 과연 이 세상에 필요하다고 할 수 있는지에 대해서도 더이상 판단할 수 없게 됐다. 사진 한 장을 제대로 찍기 위해서라면 기꺼이 감수했던 고생—분쟁 지역으로 가기 위해 지난한 절차를 밟으며 여러 번 비행기를 갈아타야 했던 것이나 예고 없이 수도와 전기가 끊기는 열악한 환경에서 잠을 설쳤던 것, 무엇보다 언제라도 치명적으로 다치거나 죽을 수 있다는 원초적인 공포를 이겨내려 애썼던 그 모든 지난 시간들이 결국 타인의 고통 위에 세워진 모래성 같은 자기만족에 불과할 수 있다는 허무를 알게 해준 피사체가 그녀에게는 살마였던 셈이다. 어쩌면 역사의 한가운데서 증언의 사진을 찍는 스스로에게 숭고함을 부여하고자 하는 욕망을 들여다보게 했던, 그 숭고함을 계속 갖고 싶고 누리고 싶어서 헌신하고 사랑하는 포즈만 취했던 지난 시간을 반추하게 했던, 나아가 그 욕망을 완벽하게 부정하지 못했기에 괴로움을 안기기도 했던 최초의 피사체라고 표현해야 맞는지도 모르겠다.

유엔난민기구에 소속된 국내 활동가들을 따라 레스보스섬의 난민 캠프로 촬영을 갔던 2015년 여름, 제주도 크기의 레스보스섬은 게리가 다녀간 지 불과 이 년 만에 난민의 수가 급증해 있었다. 레스보스섬은 중동과 연결된 튀르키예 본토와 십 킬로미터밖에 떨어져 있지 않은데다 유럽연합 회원국인 그리스의 영토여서 유럽에서 새로운 삶의 터전을 찾고 싶은 난민들에게는 기회의 관문이 되기에 최적의 조건을 갖춘 곳이었다.

레스보스섬에 임시로 거주하던 수많은 난민 중에서 살마를 유독 눈여겨보게 된 건 살마가 무더운 여름 한낮에도 가건물에서 나오지 않는다는 걸 알게 되면서부터였다. 그녀는 오전엔 활동가들을 도와 구호품 분류 작업을 했고 그후엔 자유롭게 촬영을 했는데, 그날도 여느 때처럼 오후 시간을 이용해 난민 캠프를 돌아다니며 사진을 찍던 중 어떤 숙소의 창가에 서서 바깥을 내다보던 살마를 카메라에 담게 되었다. 옅은 푸른빛이 도는 회색 눈동자와 길고 짙은 속눈썹에 시선을 뺏긴 것도 잠시, 살마는 그녀를 발견하자마자 곧바로 창문 뒤편에 몸을 숨겼다.

다음날에도, 그다음날에도, 그녀는 내성적인 소녀가 나타났다 사라진 숙소 앞을 부러 지나갔다. 당신의 카메라를 만져봐도 되겠느냐며 살마가 말을 걸어온 건 그 산책이 일주일쯤 지속되었을 때였다. 그녀는 최선을 다해 다정히 웃어 보이려 애쓰며 나오라고, 밖으로 나오면 카메라를 너의 손에 쥐여주겠다고 대답했다. 몇 분 뒤 스카프로 헐겁게 머리를 감싼 채 그녀 앞에 나타난 살마는 이내 그녀의 카메라에 완전히 집중하기 시작했다. 촬영할 때 가장 자주 들고 다니는, 35밀리미터 렌즈가 부착된 DSLR 카메라였다.

그날 이후 그녀는 하루에 한 번씩 살마를 만났고 함께 산책을 하기도 하며 많은 이야기를 나누었다. 살마는 그녀를 실버

대신 은eun이라는 한국어 이름으로 부르곤 했는데, 은, 하고 말하면 입안에서 작은 종이 울리듯 메아리가 목구멍 너머까지 번져가는 느낌이 좋아서라고 그 이유를 설명했다. 살마와 그녀는 둘 다 쉬운 단어로 구성된 짧은 문장의 영어만 구사할 수 있었지만 언어가 소통에 방해된 적은 없었다. 사실 난민 캠프 안에서 살마의 이야기—작년 여름, 튀르키예에서 레스보스섬으로 이동할 때 타고 있던 작은 고무보트가 전복되면서 가족을 잃었다는 그 이야기를 모르는 사람은 드물었다. 사고 이후 남동생의 시신은 해변으로 떠밀려와 수습이라도 할 수 있었지만 어머니는 끝내 발견하지 못했다는 것도…… 살마의 남동생은 그때 고작 일곱 살이었다. 함자, 라는 이름의 그애는 세 살 때부터 시리아 정부군에 포위된, 반군 점령 도시인 알레포에서 살아왔으므로 언제라도 폭격기나 탱크가 집과 건물을 무너뜨릴 수 있는 곳, 사람들이 끊임없이 피 흘리며 죽어가는 그런 곳이 세상의 전부라고 여긴 채 짧은 생애를 마감한 셈이었다. 치솟는 불길과 검은 연기, 지붕이나 창문이 없는 집과 타다 만 타이어, 시멘트 가루를 뒤집어쓴 채 건물에서 뛰쳐나오는 사람들과 피로 물든 아기 담요를 끌어안고는 울부짖는 여자들, 함자는 그런 풍경에만 익숙했을 뿐 물놀이를 할 수 있는 해변과 놀이기구가 가득한 테마파크 같은 것은 끝내 경험해보지 못했다. 소리가 나는 장난감, 아이스크림으로 만든 케이크, 피아노나 바이올린의 선율 같은 것도 그는 알지 못했다.

함자의 장례는 쉽지 않았다. 수의도 관도 구할 수 없어 살마의 짐 가방에 남아 있던 어머니의 옷으로 시신을 감싼 뒤 주변 어른들의 도움을 받아 올리브나무 아래 묻어주는 게 살마가 할 수 있는 전부였다. 다리와 팔을 모아서 흐트러지지 않게 천으로 묶는 일은 살마가 직접 했다. 손도 발도 너무 작았다고, 너무 작아서 매듭을 지으면서 몇 번이나 천을 놓쳤다고 살마는 격렬하게 울면서 말했었다. 그런 살마도 레스보스섬에 도착한 당시에는 열네 살의 어린애에 불과했다는 것을 살마 자신은 자꾸 잊었고, 다른 무엇보다 그것이 그녀의 마음을 아프게 했다.

살마에게는 남은 가족이 한 명 있긴 했지만, 살마는 생사조차 알 수 없는 아버지와의 재회에 기대나 미련이 없어 보였다. 아버지 때문에 엄마와 동생을 잃었다고 생각했으니까. 아버지를 만난다면 왜 결혼을 해서 자식들을 낳았느냐는 질문 외엔 할말이 없다고 살마는 단호히 말하기도 했다. 살마의 아버지는 아내와 자식들을 시리아와 튀르키예 사이의 국경까지 배웅해주었을 뿐 함께 국경을 넘지는 않았다고 했다. 시리아의 시민방위대에 남기로 선택한 것이었다. 살마가 어렸을 때부터 시리아의 민주화운동에 참여했다던 그는 시민방위대에서의 활동 외에는 조국을 위해 헌신할 방법을 찾지 못했으리라. 자발적으로 형성된 시민방위대는 폭탄이나 미사일이 떨어지는 순간 그 폭격 지점으로 달려가 최대한 신속하게 부상자를 구출하고 시체를 수습하는 일을 한다고 알려져 있었다. 시리아 정부군을 지원하는 러시아의 폭격기는 시차를 두고 같은 지점을 폭격하는 수법을 썼기 때문에—그들에게는 보고서에 기입할 수 있는 적정 규모의 사상자 수가 필요했을 터였다—헬멧을 제외하면 별다른 보호 장치도 없이 구호 활동을 하는 시민방위대에도 희생자가 많았다.

살마의 이야기를 듣고 살마를 알아갈수록, 그녀는 살마를 카메라에 담을 수 없다는 걸 인정하게 됐다. 닮았으니까. 완전한 고아는 아니지만 고아나 다름없는 스스로를 외로운 방에 감금했던 살마는 그녀의 어린 시절을 고스란히 되비추는, 과거에서 온 거울 같았으니까. 닮지 않아야, 그러니까 피사체와의 거리가 유지되어야 거리낌없이 촬영할 수 있는 것이라면 그 거리는 결국 냉정함의 거리라고 여기지 않을 도리가 없었고, 그런 생각은 셔터를 누른 이후 피사체가 살아갈 실제 삶에는 무심했다는 자각, 극단적으로 표현한다면 사진을 위해 한 사람의 고통을 이용해온 건지도 모른다는 자각으로 이어졌다.

구원이 불가능한 세계를 편집한 것에 불과한 사각형의 파일 하나, 혹은 종이 한 장……

그해 여름이 끝나갈 무렵, 이 년 가까이 한 달에 한 번꼴로 이메일을 주고받던 애나에게 살마의 처지를 설명하고 도움을 요청했던 건 살마가 온전한 모습으로 살아가는 것을 지켜보고 싶다는 조금은 무모한 마음에서 비롯된 일이었다. 사진의 피사체가 아니라 삶이라는 실제를 이끌어가는 살마를 보며 사진에 대한 자신의 진심을 의심하는 시간을 어서 빨리 통과하고 싶었던 욕심도 그 무모한 마음에는 포함되어 있었을 것이다. 그때는 애나가 유일한 돌파구로 보였을 뿐 큰 기대는 없었는데—그때껏 애나와의 접점이라곤 게리의 죽음 이후 그녀가 쓴 기고문과 주고받은 이메일들이 전부였다—, 놀랍게도 애나는 한 달 뒤 신원 보증서와 초청장을 레스보스섬으로 보내왔다. 생면부지의 영국인에게 정식으로 초대를 받은 시리아 난민이라니, 돌이켜보면 기적 같은 일이었다. 당시 영국은 거의 모든 난민들이 최종 목적지로 꿈꾸는 나라였다. 난민들이 영국으로 밀입국하기 위해 트럭에 숨은 채, 혹은 기차에 뛰어들어 유로터널을 지나다 목숨을 잃는 사고는 더이상 뉴스도 되지 않던 때였다.

하지만 기적은 거기서 끝나지 않았다. 애나가 보내준 서류와 유엔난민기구의 도움으로 살마에게 영국 방문 비자가 발급된 것이나 활동가들이 기금을 마련해 살마의 비행기 티켓을 구매해준 것은 그야말로 기적이라고밖에는 표현할 수 없는 일이었다. 그런 일은 그 이전에도 없었고 그 이후 역시 다시는 일어나지 않았으리라. 그 무렵 그녀도 짐 가방을 정리했다. 살마가 무사히 영국으로 떠나면 그녀는 레스보스섬에서 시리아로 건너갈 예정이었다. 유엔난민기구의 긴급 구호팀이 반군과 정부군의 교전으로 사상자가 많이 발생한 시리아 북부 도시로 이동한다는 소식에 미국의 방송국 기자와 국경없는의사회 소속의 의사와 간호사들, 그리고 프리랜서 사진가인 그녀가 동행하기로 한 것이었다.

차이나타운의 상징인 홍등이 보일 즈음 살마에게서 전화가 걸려왔다. 전화를 받자 살마가 아닌 딜런이 상기된 목소리로 살마에게 사고가 났다고 말했다. 레스터스퀘어 지하철역에서 계단을 오르던 중 한 중년남성이 살마를 밀치면서 살마가 계단 아래까지 굴러내려갔는데 아무래도 히잡 때문인 것 같다고, 다행히 살마는 의식을 잃지 않았지만 몸을 움직이지 못해 구급차를 타고 근처 응급실로 가는 중이라고 그는 말을 이었다. 그녀는 딜런의 말이 단번에 이해되지 않았다. 시리아와 난민 캠프, 심지어 전복된 고무보트에서도 무사했던 살마가 수

많은 인종의 사람들이 거리낌없이 활보하는 런던 시내 한복판에서 히잡 때문에 다쳤다는 그 말이…… 딜런에게 대체 무슨 말을 하는 거냐고 다그쳐 물으려던 순간, 휴대전화 저편의 사이렌소리가 이편으로 건너오더니 그녀 주변의 소음을 거칠게 조각내며 증폭됐다. 너무 가깝고 너무 큰 소리, 그녀는 두 손으로 양쪽 귀를 틀어막고는 인파로 가득한 거리 한가운데서 그대로 주저앉았다.

모든 건물이 허물어졌거나 허물어지는 중이던 잿빛 도시, 동행인들과 함께 머물렀던 숙소의 꼭대기 층에서 그녀는 공습경보와 폭격기 소리를 동시에 들었다. 새벽이었다. 카메라 가방과 휴대전화만 겨우 챙겨 사람들을 따라 지하 임시 대피소로 내려가는데, 갑자기 굉음과 함께 한쪽 벽이 무너지면서 왼쪽 다리가 불에 타는 것 같은 뜨거운 감각이 그녀의 몸 전체를 관통했다. 그 자리에서 그녀는 곧 의식을 잃었다.

무의식의 내벽을 훑는 무의미하고 난폭한 빛에 며칠 동안 시달리다 가까스로 눈을 떴을 때, 왼쪽 다리의 통증은 여전히 강렬했지만 그녀는 거의 직감적으로 그것이 환상통이란 걸 감지할 수 있었다. 실제로 그때는 괴사를 막기 위한 절단 수술이 이미 끝난 상태였다는 걸, 그녀는 좀더 시간이 흐른 뒤에야 확인하게 될 터였다. 의식을 잃고 며칠이 지났는지도 알 수 없던 깊은 밤, 임시 병원의 침대 주변은 캄캄했고 의사나 간호사는 보이지 않았다. 추웠다. 스노볼이 멈추기 직전 이불을 뒤집어 쓰곤 했던 어린 시절처럼, 그만큼 추웠다.

절망적인 추위 속에서, 그녀는 몸을 외로 틀고는 오래 흐느 꼈다.

2022년 12월 16일

　지유의 백일은 집에서 조촐히 기념하기로 승준은 민영과 의
견을 모았다.

　배달된 떡과 케이크, 과일을 상 위에 배치한 뒤 인터넷 쇼핑
몰을 돌며 구매한 풍선과 꽃, 리본 장식으로 그들은 함께 백일
상을 꾸몄다. 승준이 오랜만에 카메라를 꺼내 렌즈를 닦고 테
스트 촬영을 하는 동안, 민영은 열흘 전에 구경했던 상점들 중
한 군데서 대여해온 당의 세트를 지유에게 입혔다. 지유는 흰
색과 분홍색이 섞인 당의와 치마, 꽃 자수가 새겨진 조바위와
버선, 화려한 색감의 꽃신을 착용한 모습으로 승준의 카메라
에 담길 것이고 사진들은 부모님과 형제, 친척들, 그리고 친구

들의 휴대전화로 전송될 터였다. 누구라도 사진을 보게 된다면 웃지 않을 수 없을 만큼 오늘 지유는 충분히 사랑스러웠다.

상 위에 마련해놓은, 부드러운 목화 천으로 감싼 아기용 의자에 지유를 앉힌 뒤 승준은 민영과 번갈아 안방으로 들어가 깨끗하고 단정한 옷으로 갈아입었다. 다행히 사진을 찍는 동안 지유는 크게 보채거나 울음을 터뜨리지 않았다. 오히려 자신을 축하하는 자리란 걸 본능적으로 알았는지 활짝 웃기도 하고 손뼉을 치기도 했는데, 그때마다 승준과 민영은 한껏 흐뭇한 얼굴로 서로를 마주보곤 했다. 지유를 안은 민영이 카메라 액정에 들어왔을 때는, 민영과 지유가 있는 이곳이 나의 가정이고 저 두 사람이 없는 삶은 이제 더이상 불가능하다는 것을 승준은 새삼 낯설고도 애틋한 마음으로 되새겼다. 지유의 침이 묻은 인형과 장난감, 모빌로 채워진 풍경에 민영과 자신이 함께 소속되어 있다는 것과 세 사람이 같은 공간에서 잠에 들고 아침을 맞는 나날이 그들 모두에게 삶 자체라는 사실도 그는 잊지 않으려 애썼다.

민영에 대한 중성적인 관심이 연애 감정으로 바뀌던 순간이 문득 떠올랐다. 책의 출간을 축하하는 조촐한 자리를 갖기로 했던 날, 합정역 앞에서 만난 그들은 바로 식당으로 들어가기에는 아까운 가을 저녁이라는 데 동의하고는 합정에서 망원으로 이어지는 강변을 걸었다. 걷는 동안, 그들은 이전까지 일 이야기만 했다는 것이 믿기지 않을 만큼 다채로운 주제로 대화를 이어갔다. 길만 끝나지 않는다면 이 대화가 영원히 이어질 것 같다는 생각까지 했던 기억이 났다. 망원 쪽에 다다랐을 무렵, 그들은 나란히 선 채 하나둘 켜지는 교각의 조명이 한강 수면에서 작고 둥근 빛의 알갱이들로 새롭게 탄생하는 것을 한동안 말없이 지켜봤다. 긴장이나 불편이 실리지 않은, 무게가 없는 침묵이 흘렀다. 그때 그는 아주 환상적인 세계에, 이를테면 환대의 빛으로 가득해서 절대로 지나칠 수 없는 역에 자신의 삶이 막 정차했음을 느꼈다.

마지막으로 삼각대를 설치해 한 프레임 안에 세 사람을 모두 담으려 했는데, 내내 얌전했던 것에 뒤늦게 심통이 났는지 지유가 갑자기 몸을 뻗대며 울음을 터뜨리는 통에 그와 민영이 번갈아 지유를 안으며 달래야 했다. 연속으로 찍힌 사진들을 확인해보니 울고 당황하고 난처하게 웃기도 하는 제각각의 얼굴은 하나같이 정면이 아닌 다른 곳을 향해 있긴 했지만, 대신 자연스러웠다. 민영은 초점이나 구도가 모두 무시된 그 사진들을 더 마음에 들어하는 눈치였다.

승준이 백일상에 동원된 떡과 케이크, 과일로 저녁 식탁을 차리는 동안 민영은 지유에게는 불편했을 백일용 착장을 벗기고 실내복으로 갈아입힌 뒤 기저귀를 갈아주고 분유병을 물렸다. 두 사람은 각자의 일을 하면서도 요사이 그들의 가장 큰 관심사가 된 지유의 이유식을 화제로 대화를 이어갔다. 이유식의 재료와 레시피 영역은 늘 새로운 정보로 넘쳐났고 이유식에 무지한 승준과 민영은 공부하는 마음으로 유명 블로거의 글과 유튜브 영상을 하루에도 몇 번씩 찾아보곤 했다. 어린이집 입소 시기와 남아 있는 전세 대출금, 일주일 앞으로 다가온 크리스마스와 끝나가는 그의 육아휴직까지, 식탁에 마주앉은 뒤에도 화제는 기준이나 맥락 없이 자유롭게 흘러갔지만, 그는 오늘 저녁에 잡힌 나스차와의 첫 인터뷰만큼은 입에 올리지 않았다. 집에서는 인터뷰 이야기를 안 하면 좋겠다는 민영의 부탁이 있었던데다, 열흘 전의 대화를 상기함으로써 그의 내면에서 번져갔던 실망감을 되새기고 싶지 않아서였다. 인터뷰는 기자들이 거의 퇴근한 시간에 기자실에서 줌 프로그램으로 진행할 예정이었다. 민영에게는 복귀 준비를 위해 회사에 가봐야 한다고 말해놓았는데, 거짓말은 아니었다. 휴직 기간에도 잡지에 실린 기사들을 따라 읽긴 했지만 회의실 테이블과 몇몇 기자의 책상, 편집국장의 서류함을 오가다 사라진 기사들은 회사에 가서 회의록을 살펴봐야 파악할 수 있었고 그런 과정이 복귀에 도움이 되긴 할 터였다.

연말의 퇴근길을 피하느라 승준은 늦은 저녁에야 집에서 나왔다.

회사 건물에 도착해 기자실로 올라가자 아직 퇴근하지 않은 대여섯 명의 기자들이 저마다의 노트북이나 컴퓨터 모니터를 골똘히 들여다보고 있었고, 그중 누군가는 그에게 인사를 건네기도 했다. 그는 석 달 가까이 비어 있었던 자신의 책상에 앉아 컴퓨터부터 켜보았다. 회색의 내선용 전화기, 필기 도구함과 씻어서 엎어놓은 머그, 여분의 안경을 넣어둔 안경집은 석 달 전과 똑같은 자리를 지키고 있었고 그의 발 모양에 맞게 늘어난 실내용 슬리퍼는 예전처럼 책상 다리 안쪽에 얌전히 포개진 채 놓여 있었다. 파티션 벽면과 모니터 가장자리에는 포스트잇이 덕지덕지 붙어 있었는데, 자세히 들여다보면 이삼 년 전에 휘갈겨쓴 메모도 있었다.

칠 년 전, 을지로에서 권은을 만나고 온 뒤부터 승준은 이 파티션 안에서 자주 그녀에 대해 생각하곤 했다. 깊은 밤, 기자들이 모두 떠난 기자실에 혼자 남아 그녀에 관한 모든 정보를 찾겠다는 듯 인터넷을 뒤지기도 했다. 술집에서 나와 헤어질 때의 모습이 잊히지 않아서였다. 겨우 잡은 택시 앞에서 그녀는 아무런 맥락 없이 고맙다고 말했는데, 무언가에 쫓기듯 다급한 말투였다. 그녀의 탑승을 돕기 위해 택시 뒷문을 잡고 있던 승준은 사람들에게 택시를 잡아주는 게 자신의 부업이라고 웃으며 대꾸했지만 그녀는 웃지 않았다. 오히려 그 어느 때보다 진지한 얼굴로 가만히 그를 바라보기만 했다. 짧은 침묵이 흘렀다. 그 침묵이 그녀의 간절한 숨으로 가득차 있었다는 것을 깨달은 건 그녀에 대한 기억이 모두 되돌아온 뒤였다. 택시 기사가 그녀에게 탑승을 재촉했다. 당황한 채 택시에 오른 그녀는 재빨리 차창을 내려 카메라, 라고 다시 말을 꺼냈지만 택시가 바로 출발했으므로 그뒤에 이어졌을 그녀의 또다른 힌트들에 대해 승준은 결국 아무것도 듣지 못했다.

그날 이후 일산과 을지로에서 그녀와 나눈 대화들이 불쑥불쑥 떠오르곤 했다. 기억은 어느 한순간 섬광처럼 그의 머리를 강타한 것이 아니라 아주 먼 곳에서 한 조각씩 감각 속으로 흘러들어왔다. 일산의 북 카페와 을지로 술집에서 때때로 그를 뚫어지게 바라보던 그녀의 눈빛이 아마도 기억의 문을 여는 첫번째 열쇠였을 것이다. 닫혀 있던 기억의 문에 틈새가 벌어지자 태엽이니 멜로디니 하는, 그녀가 구사했던 특별한 표현마저 잊힌 장면을 순식간에 입체적으로 조립하는 단서가 됐다. 빛이 피사체를 감싸주는 순간이 좋아 사진을 사랑하게 됐다는 말은 일요일 오후의 눈 쌓인 운동장과 연결됐는데, 떠올리면 떠올릴수록 그 운동장으로 향하는 기억의 통로에 달린 조명들이 하나씩 점등되는 것만 같았다. 셔터를 누를 때 카메라 안에서 휙 지나가는 빛이 있거든. 그런 게 있어? 어디에서 온 빛인데? 평소엔 잘 안 보이는 곳에 숨어 있겠지. 어떤 데? 지붕 아래나 옷장 뒤편, 아니면 빈병 속 같은 데? 열두 살의 그녀와 그는 그 운동장에서 그런 비현실적인 대화를 나눈 적이 있었다.

그녀가 한 달 만에 학교로 돌아왔을 때 자신이 그녀를 특별히 반기지 않았다는 것도 오롯이 기억났다. 오히려 그는 그녀를 못 본 체할 때가 많았는데, 쑥스러워서이기도 했고 같은 반 아이들에게 그녀와 친하다는 인상을 주고 싶지 않아서이기도 했다. 어린 권은은 뭐랄까, 눈에 띄는 아이였으니까. 발목이 드러나는 짧은 바지, 천이 해진 책가방, 그리 청결해 보이지 않는 머리칼과 손톱, 그런 의미에서…… 그녀 역시 그에게 먼저 다가오는 법이 없었다. 그가 준 카메라를 들고 다니면서도 그랬다. 그들은 결국 친구가 되지는 못했지만 그래도 서로의 비밀 하나씩을 지켜주긴 했다. 그는 그녀가 고아나 다름없다는 걸 누구에게도 발설하지 않았고, 그녀 또한 그가 아버지의 카메라를 훔친 사실을 끝까지 모른 척했다. 그녀가 경기도 어디쯤에 있는 보육원에 입소하게 되었다는 소식을 들은 건 겨울방학을 이 주 정도 앞둔 날이었다. 두 주먹을 꼭 쥔 채 나는 고아가 아냐, 라고 말하고는 입을 앙다물었던 그녀가 떠올라 그는 한동안 마음이 사나웠다. 그사이 경찰이 한 번 학교에 찾아온 적이 있었는데, 그날 이후 학교에는 그녀의 아버지가 불법 도박장 근처 고물상에서 시신으로 발견됐다는 소문이 잠깐 떠돌기도 했다.

이곳 기자실 책상에서 기억이 모두 돌아왔을 때, 승준은 그녀에게 설명할 길 없는 벅찬 반가움을 느꼈으면서도 선뜻 연락할 수 없었다. 한눈에 그녀를 알아보지 못한 것이 미안하기도 했고, 자신은 잊고 지냈던 카메라 한 대가 누군가의 삶을 결정했다는 것이, 더욱이 그 삶이 때로는 죽음까지 감수해야 하는 순탄하지 않은 길 위에 있다는 것이 마음에 짐이 되어서였을 것이다. 대신 알마 마이어를 통해 그녀를 더 알아가고 싶었다. 을지로 술집에서 그녀는 알마 마이어에 대해 길게 이야기했으니까. 그녀의 표현에 따르면, 그녀와 알마 마이어는 삶의 영역이 단 한 번도 겹치지 않았지만 비슷한 경험을 공유하고 있었다. 마치 두 사람을 태운 전혀 다른 두 척의 배가 똑같은 섬에서, 똑같은 풍랑을 견디며 잠시 표류한 적이 있기라도 한 것처럼…… 그녀는 〈사람, 사람들〉을 본 이후부터 알마 마이어에게 편지를 쓰곤 했다고 이어 말했고, 그럼 답장도 받았느냐고 물었을 때는 답장은 어차피 받을 수 없다는 대답을 내놓았다.

"알마 마이어는 이미 2009년 가을에 죽었으니까요. 편지는 개인 블로그에 써요. 일기 대신이랄까. 물론 한국어로요."

맥주잔을 물끄러미 들여다보며 그녀는 그렇게 덧붙였다.

우표도 소인도 없이 그녀의 블로그에 남겨진 편지들, 그중 몇 통은 그에게 쓴 것임을 밝히지 않은 채였다.

한동안 그는 〈사람, 사람들〉을 보기 위해 수시로 유튜브와 아마존에 들어가 검색도 해보고 각종 영화 관련 사이트를 돌아다니며 DVD나 파일에 대해 문의 글을 남기기도 했지만 성과는 없었다. 그 다큐멘터리는 국내에서 상영된 적이 없었고 DVD나 파일을 판매하는 곳도 없었으며, 더욱이 그때는 지금처럼 다양한 영상 플랫폼이 있던 시기도 아니었다. 뉴욕에 가 있는 동안 〈사람, 사람들〉을 볼 수 있었던 건 출장 전까지 이어진 구글 검색으로 그 다큐멘터리의 특별 상영에 대한 정보를 얻은 덕분이었다. 구호품 트럭의 피격이라는 비극적인 사건을 환기시키는 〈사람, 사람들〉을 통해 이스라엘과 팔레스타인의 오랜 분쟁이 얼마나 무용한 비극인지 공유하고 싶다는 것, 그것이 특별 상영을 준비한 이유라고 해당 극장—뉴욕의 이스트빌리지에 위치한 '앤솔러지 필름 아카이브'라는 곳이었다—의 홈페이지에는 적혀 있었다. 〈사람, 사람들〉은 천 명이 넘는 팔레스타인 사람들이 목숨을 잃은, 2008년 12월부터 약 한 달 동안 이어진 가자전쟁이 그 배경이었다. 물론 그 전쟁은 닫힌 결말이 되지 못했다. 가자전쟁 이후에도, 아니 그 이전부터 지금까지 두 나라 사이엔 크고 작은 유혈 충돌이 이어져왔으니까.

그녀가 시리아에서 부상을 당했다는 소식을 접한 건 뉴욕에서 돌아오고 석 달 정도가 지난 뒤였다. 시리아 북부 도시 코바니에서 프리랜서 다큐멘터리 사진가 권은이 큰 부상을 당해 긴급하게 한국으로 이송중이라는 속보를 본 순간, 그의 머릿속에선 문이 열린 장롱 앞에 서 있는 열두 살의 그가 오래된 영화 속 한 장면처럼 부연 질감으로 떠올랐다. 장롱 안에는 아버지가 일본에 출장을 다녀오면서 사온 카메라가 있었는데, 그의 눈에는 그 수입 카메라가 중고품으로 팔 수 있는 돈뭉치로 보였다. 그는 여러 번 입술을 달싹이다가 결국 그 카메라를 품에 안고는 무작정 권은이 사는 그 외진 방으로 달려갔었다.

권은의 사고 소식을 접한 그날, 그는 당시 막 연애를 시작한 민영과의 저녁 약속을 취소하고는 집에서 새벽까지 혼자 술을 마셨다. 취한 채 거의 기듯이 욕실로 들어가 거칠게 세수를 했고, 몇 번이나 주저앉다가 가까스로 일어난 뒤엔 김이 서린 뿌연 세면대 거울 앞에 서서 자신의 얼굴을 뚫어지게 건너다봤다.

행복하냐고, 그렇게 묻고 싶은 얼굴이었다.

거울 속 스스로에게, 동시에 자신이 준 카메라의 끝에서 결국 몸이 상한 권은에게……

그녀가 입원한 병원을 수소문해서 찾아갔던 날, 그녀는 몰랐다고 말했다. 최대한 빠른 경로로 귀국하는 동안 한국에 자신과 관련된 속보가 타전되고 있는 줄 전혀 알지 못했다고, 민망하다고, 본의 아니게 수많은 사람들의 걱정을 샀다고, 유명해지고 말았다고, 짐짓 가벼운 말투로 말을 이어갔다. 사진 찍는 사람이 되지 않았다면, 카메라를 몰랐다면, 아니, 그의 의도대로 후지사의 그 필름 카메라를 팔아 먹고 싶고 갖고 싶은 걸 구매했다면, 그렇게 이어지던 그의 가정을 속수무책으로 무너뜨리는 말투였다. 자신의 부상을 대수롭지 않은 것으로 가장하려는 양, 그에게만큼은 어떤 후회도 아픔도 허락하지 않겠다는 듯……

부팅이 끝난 컴퓨터 화면을 바라보다가 줌 프로그램에 접속하자 나스차는 이미 그가 예약해놓은 회의실에 들어와 있었다. 인터뷰를 하기로 약속한 시간까지는 아직 십 분이 남아 있었다. 비디오와 오디오 기능을 끈 채 가방에서 수첩을 꺼내 나스차에게 건넬 질문을 다시 한번 훑어보고 있는데 휴대전화에 알림 창 하나가 떴다.

그녀의 블로그에서 온 알림이었다.

2부

2022년 12월 21일

안녕.

네가 이 편지를 읽게 될 날이 오리라는 확신 없이, 우리가 서로를 알아보고 인사를 나누는 순간에 대한 기대도 품지 않은 채, 나는 너에게 편지를 쓰고 있어.

내가 있는 곳은 런던의 해머스미스라는 곳에 위치한 친구 집인데, 친구는 지금 병원에서 처방해준 약을 먹은 뒤 잠들어 있어. 거실과 주방, 두 개의 방과 다용도실로 구성된 살마—친구의 이름이지—의 집은 그리 큰 편은 아니지만, 천장에 나 있는 창 덕분인지 답답하지는 않아. 나는 이 집에 놀러올 때마다 천장의 창문을 올려다보곤 했어. 신기했으니까. 저 네모난 창문 크기의 하늘에도 태양과 낮달, 구름이 시시각각 입장했다가 퇴장한다는 것이. 비가 오는 오늘도 창문은 자꾸만 내 시선을 끌고 있어. 허공에서는 고유한 형태랄 게 없는 빗줄기가 창에 부딪히는 순간엔 제각각의 모양으로 번져 흐르는 광경이 내게는 역시나 신기해 보이거든.

살마가 계속 침대에 누워 있는 건 얼마 전 팔 요골에 금이 가고 발목뼈가 골절되는 부상을 당해서야. 살마는 급히 수술을 받았고 그 탓에 올겨울 예정되었던 결혼식을 내년 봄으로 미뤄야 했지. 살마는 만류했지만, 나는 귀국하는 대신 살마 곁에 머무르는 걸 선택했어. 살마의 남편이 될 딜런이 외출해 있는 동안, 살마에게는 식사와 약을 챙겨주고 화장실에 갈 때나 씻을 때 부축해줄 사람이 필요했으니까. 어제저녁 살마의 간호를 교대하면서 딜런은 이런 말을 했지. 살마에게는 엄마가 셋이나 더 있다고. 딜런의 어머니와 살마를 영국으로 데려와 단과대학까지 다니게 해준 애나, 그리고 애나에게 살마를 소개한 나…… 나는 그에게 살마의 엄마 역할은 사양한다고, 남들보다 이르게 엄마의 부재를 겪은 사람들끼리는 끈끈하게 결속할 때가 있다고 웃으며 대답했을 뿐, 더이상의 말은 덧붙이지 않았어. 내가 살마에게 느끼는 복잡한 감정을 제대로 설명할 자신이 없었으니까.

살마가 잠꼬대를 시작했어.

살마를 간호하게 되면서, 그러니까 불과 며칠 전에야 나는 살마가 고향 말로 잠꼬대를 한다는 것을 알게 되었어. 그럴 때면 나는 움직임을 최소화하고 숨소리도 조심하게 돼. 살마가 엄마와 남동생이 사라지거나 죽지 않은 세상에 가 있는 거라면, 그곳에서 엄마가 해준 음식을 먹고 남동생과 장난을 치는 중이라면, 나는 그곳을 지켜주고 싶으니까. 허공에 흡수되는 가습기의 저 연기처럼, 왕성히 면적을 확대해갔지만 지금은 형태조차 기억나지 않는 오전의 구름처럼, 눈을 뜬 순간 흔적도 없이 사라질 곳……

내게도 엄마가 나오는 꿈을 반복해서 꾸던 시절이 있었어.

창문이 없어서 형광등을 켜지 않으면 낮에도 밤이 흐르던 방에서 그 꿈은 제조됐지. 마치 공장에서 만들어지는 공산품처럼 꾸준히. 잠들 시간이 다가오면 나는 스노볼의 태엽을 감고는 물끄러미 그 안을 응시하다가 그곳의 빛이 꺼지기 직전 스노볼을 끌어안은 채 이불을 뒤집어쓰곤 했어. 무서웠거든. 어둠이 무서웠고, 나를 바깥과 가까스로 분리해주는 낡은 현관문이 미덥지 않아 무서웠어. 연기 형상의 유령이나 술에 취한 채 큰 소리를 내며 골목을 오가는 아저씨들이 그 문을 벌컥 열고 들어올까봐 늘, 너무, 무섭기만 했어. 그 스노볼은 엄마가 내게 준 마지막 선물이었어. 일곱 살의 내게 스노볼을 안겨줄 때는 그녀도 몰랐겠지. 작고 추운 겨울 하나가 유리구 안에 밀봉되어 있는 그 세계가, 태엽을 끝까지 돌려도 겨우 일 분 삼십 초 동안만 빛이 들어오는 그곳이 유일한 위안이 될 어린 딸의 미래를……

버려졌구나, 쓰레기처럼.

낯선 도시에서 등을 돌린 모습으로 아주 잠깐 나타났다 금세 사라지던 엄마를 쫓아다니는 꿈을 꾼 날이면, 나는 오로지 그 생각, 현실에서처럼 꿈속에서도 버려졌다는 생각에 짓눌리곤 했어. 엄마는 자신의 의지로 내 곁을 떠났고, 아빠는 나를 데리고 여러 여관들을 돌며 몇 달에서 몇 년씩 머물다가 결국 사람이 살 곳이 되지 못하는 그런 방—아무것도 없는 방, 숙제를 할 수 있는 책상과 누군가와 함께 밥을 먹을 수 있는 식탁, 이리저리 몸을 뻗대며 잠투정을 할 만한 침대와 그런 잠투정에 호응해줄 수 있는 다른 가족이 없는 방에 내던져놓고는 제때 들여다보지도 않았으니까. 열두 살의 어느 날, 한 아이가 그 방을 찾아오기 전까지, 나는 차가운 벽에 이마를 댄 채 그 방을 작동하게 하는 태엽을 이제 그만 멈추어달라고 기도하곤 했어.

내 숨도 멎을 수 있도록……

살마가 눈을 떴어.

깊은 잠에서 깨어난 살마는 잠시 주변을 두리번거리더니 나를 발견하고는 희미하게 웃어 보였어. 짧아서 아쉬운 여행을 마치고 돌아오는 기차 안에서 약속도 없이 플랫폼에 마중나온 친구를 발견한 사람처럼. 나는 무릎에 두었던 노트북을 내려놓고 살마의 한 손을 헐겁게 잡아주었지. 엄마와 동생이 있던 세계에서 혼자 빠져나왔을 그녀에게 내가 해줄 수 있는 건 그뿐이었어.

내 손을 잡은 채 몸을 반쯤 일으킨 살마가 워드 프로그램이 띄워진 노트북 화면을 가리키며 무엇을 쓰고 있었느냐고 물었고 나는 편지를 쓰고 있었다고 대답했어. 태어난 지 이제 겨우 백일이 넘은 친구의 딸이 수신인이라고 덧붙이면서.

"아기가 어떻게 편지를 읽어?"

"어쩌면 영원히 읽지 못할지도 몰라. 편지를 전하는 것에 나는 아직 확신이 없으니까."

"……"

"왜, 이상해?"

"이상한 건 없어. 나는 그저 궁금할 뿐이야. 그 친구, 은에게 중요한 사람이었어?"

"중요하다는 말로는 부족할 정도로."

왜냐하면……

버려진 나를, 고작 숨을 멎게 해달라는 기도밖에 할 줄 몰랐던 열두 살의 나를, 그 자신도 모르게 다시 살게 한 사람이었으니까.

차마 뒷말은 잇지 못한 채 살마를 건너다보자 살마는 자못 흥미롭다는 표정을 짓더니 그 친구에 대해 더 말해달라고 했어. 난처했어. 그 화제를 더 이어가려면 내 어린 시절까지 모두 말해야 할 테니까. 그가 선물한 카메라로 처음 사진을 찍게 됐다고 짧게 설명하고 넘어가려 했는데, 살마가 서운한 표정을 지어 보였어.

"그랬구나. 근데, 그거 알아, 은?"

"……"

"은은 내가 어떻게 살아왔는지 거의 다 아는데 나는 은에 대해 아는 게 별로 없어."

"…… 그런가?"

"오랜만에 단둘이 있으니 말 좀 해봐. 은은 내 나이 때 뭘 했어? 남자친구는 있었어? 몇 명이나 사귀었어?"

연이어지는 질문에 실린 살마의 장난스러운 호기심은 결국 나를 웃게 했지.

스물두 살이라면, 길 위에서 김밥이나 빵으로 배를 채우며 어딘가를 향해 빠르게 걸어가던 내 모습이 가장 먼저 떠오른다고 이야기를 꺼냈어. 살마가 깜짝 놀라며 어째서 그런 식으로 식사를 했느냐고 다시 물었고, 그때는 가만히 앉아서 음식을 먹을 여유가 없었다고 솔직하게 대답했지. 주중에는 사진관에 출근해 사진을 보정하는 일을 했고 퇴근하면 여러 독립 프로덕션에서 받아온 영상들을 대본과 비교하며 순서대로 숏을 맞추는 가편집 아르바이트를 했으니까. 나는 촬영과 영상 편집에 특화된 고등학교를 다녔는데, 그때 배운 기술이 유용하게 쓰인 셈이지. 주말에도 쉰 적이 거의 없었어. 결혼식이나 돌잔치, 아니면 무슨 행사장 같은 곳에 가서 사진과 영상을 찍기도 했고 극장 매표소에서 일한 적도 있었어. 그렇게 일하고도 시간이 남으면 식당에 가서 설거지를 하거나 택배 회사에서 포장을 했고…… 휴일이 없는 사람처럼, 쉬는 법을 배운 적조차 없는 사람처럼 일만 하며 살았던 건 열아홉 살 이후로 잠잘 곳과 먹고 입을 것을 스스로 마련해야 하는 처지였기 때문이기도 했지만, 사실 더 큰 이유는 전문가용 카메라와 렌즈를 구입하고 싶어서였어. 장비가 있어야 내 사진을 필요로 하는 곳으로 떠날 수 있을 테니까. 내가 가고 싶고 가야 할 곳이 어디인지, 그 시절 나는 그런 것에 늘 확신이 있었어. 어쩌면 그런 확신으로 가난하고 기댈 곳 없던 젊음을 견딜 수 있었는지도 모르겠어.

게리 앤더슨을 처음 알게 된 건 고등학생 때였어. 학교 특성 상 도서관에 사진집이 꽤 많이 있었는데, 점심시간에 그곳에 가서 사진집을 한 권씩 들춰보는 게 내게는 큰 즐거움이었지. 그의 사진집을 집은 날은 초여름의 평범한 하루였지만, 책 속 의 사진들이 수많은 입자로 분해되어 내 몸으로 흡수되는 것 만 같았던 그 강렬한 기억은 지금껏 특별하게 남아 있어. 단지 그의 사진들이 마음에 들어서만은 아니었어. 그가 리비아와 시에라리온, 아프가니스탄과 이라크 등에서 그곳 사람들과 함 께 생활하며 사진에 담은 소년병과 난민 캠프 사람들, 임시 병 원에서 일하는 의료진과 환자들은 잊고 있었던 내 마음을 들 여다보게 했어. 후지사의 필름 카메라를 양손에 들고 처음 셔 터를 누른 순간부터, 프레임 안에 모여드는 빛을 느꼈던 그 순 간부터 시작된 마음이었지.

죽음만을 생각하거나 죽어가는 사람들을 사진에 담아 뭐든 쉽게 잊는 무정하도록 나태한 세상에 타전하고 싶다는 마음, 그들을 살릴 수 있도록, 바로 나를 살게 한 카메라로……

어느 날 어른이 되어 내 앞에 나타난 친구—내게 카메라를 선물한 바로 그 친구는 나를 기억하지 못한 채 분쟁 지역을 찍 는 사진가가 된 이유를 물었지. 눈이 많이 내리던 날이었어.

그때 내가 내놓은 대답에 다소 놀란 듯 물끄러미 나를 건너다 보던 그의 얼굴이 지금도 가끔 생각나. 학용품과 공책, 쌀과 라면, 치약 같은 것을 들고 찾아왔으면서도 자신이 왜 그 방에 있는지 도무지 모르겠다는 표정을 짓곤 했던 열두 살의 소년이 서른을 훌쩍 넘은 그 얼굴에 고요히 스며드는 것 같았지.

두 대의 카메라와 초점거리가 각각 다른 렌즈들을 구입하고 나니 어느덧 나는 이십대 후반이 되어 있었어. 그때부터 주말에는 일을 하는 대신 시장이나 공사장, 아니면 어판장 같은 곳으로 출사를 나가곤 했지. 그렇게 일이 년이 흐르고 2009년 초여름이 되었을 때, 가편집 일을 받아오던 프로덕션 중 한 곳이 이스라엘과 가자지구로 다큐멘터리를 찍으러 간다는 소식을 들은 순간 나는 드디어 내게 기회가 왔다는 걸 직감할 수 있었어. 다큐멘터리팀은 수시로 가자지구를 공습하는 이스라엘과 이스라엘을 향해 테러를 감행하는 가자지구 양쪽을 모두 다니며 평범한 사람들의 불안한 일상을 담아낼 예정이라고 했지.

나는 틈틈이 만들어놓은 포트폴리오를 들고 프로덕션 대표를 찾아가, 개인 경비는 내가 알아서 할 테니 그 나라들로 데려만 가달라고 부탁했어. 사진을 찍고 싶다고 말이야. 분쟁 지역으로 들어가려면 한국 외교부의 허가를 받아야 하는데, 개인에게는 쉽지 않은 절차거든. 사진가로서의 이력이 전무한데다 유학은커녕 국내 대학의 사진과도 다니지 않은, 그저 취업에 필요한 촬영과 편집 기술을 가르치는 고등학교를 졸업한 게 전부인 아르바이트생의 그런 부탁에 대표가 얼마나 황당했을지, 지금 생각하면 나조차 그 무모함에 웃음이 나. 대표는 무뚝뚝한 목소리로 시간이 나면 검토할 테니 포트폴리오를 놓고 가라고 했고, 나는 쭈뼛거리다가 소파 테이블에 그걸 내려놓고 나왔어. 그리고 사흘 뒤, 놀랍게도 대표가 내가 일하던 사진관까지 찾아온 거야. 사진 안에서 빛이 움직이는 것 같은 기법이 특이하다고, 어디에서 이런 기술을 배웠느냐고, 그는 거의 따지듯이 물었지. 나는 그저 내가 좋아서 그렇게 찍은 것뿐이라고 솔직하게 대답할 수밖에 없었어. 대표는 두꺼운 알의 안경을 고쳐 쓰며 나와 포트폴리오를 번갈아 보기만 했는데, 다행히 그날의 대화가 내게는 성공적인 테스트가 되었어.

그렇게 나는 두 대의 카메라와 세 개의 렌즈, 그리고 그때껏 고장나지 않은 후지사의 그 필름 카메라를 들고 가자지구로 떠나게 됐어. 그때 내가 찍은 사진 중 하나가 다큐멘터리의 엔딩을 장식하게 됐고, 그뒤 그 사진이 여러 매체에 실렸지. 이스라엘과 가자지구 사이의 분리 장벽 건설에 반대하는 시위에 나갔다가 죽은 누나의 이름을 탄흔이 가득한 담벼락에 스프레이로 쓰고는, 나란히 선 채 햇볕을 받는 두 소년의 사진이었어. 그 이력은 내게 큰 도움이 되었어. 그때부터 언론사나 비영리 국제기구, 혹은 봉사 단체에 합류해 분쟁 지역으로 나가는 게 수월해졌으니까. 그후로 가자지구는 한번 더 갔고 시리아는 세 번을 방문했어. 레바논과 남수단도 한 번씩 갔지. 폭격이나 포격의 순간은 찍지 않았어. 대신 사람을 찍었어. 게리 앤더슨이 내게 가르쳐준 방식대로 말이야. 그 시절, 나는 정말이지 사는 것 같았어. 사람을 살리는 사진이라니, 그건 오만한 생각이었어. 사진은 다른 사람을 살리기 이전에 매번 나를 먼저 살게 했지.

그러니 살마, 제발……

"나를 위해서라면 그렇게 울지 마. 나는 내가 가고 싶은 데로 갔고 하고 싶은 일을 했잖아."

"나는……"

"……"

"나는, 은의 외로움이 짐작도 안 돼. 은이 얼마나 외로웠을지, 도무지……"

울먹이는 목소리로 그렇게 대꾸한 살마는 급기야 내 손등에 얼굴을 묻은 채 어깨까지 흔들며 오래오래 울었어. 그리고 보니 오늘 나는 살마에게 참 많은 이야기를 했구나. 겨울만 이어지는 것 같았던 열두 살의 그 추운 방에 대해서도 결국 말하고 말았어. 그러려 했던 건 아닌데, 살마를 울릴 생각은 없었는데. 살마는 모르겠지만, 나는 그녀가 울어줄 만한 사람이 되지 못하거든······

지유, 너의 이름이 지유라고 들었어.

네가 태어났다는 소식을 들었을 때, 그때 이미 나는 너에게 편지를 쓰게 되리란 걸 알았던 것 같아. 너에게 꼭 전하고 싶은 단 한 가지 부탁이 있었으니까. 이 긴 편지는 결국 그 부탁을 하려고 쓰인 셈이지.

우리가 영영 만나지 못하더라도 너에게 바라는 게 하나 있다는 것을, 그러니까 지금부터 내가 하려는 말을, 지유, 기억해주겠니?

2022년 12월 23일

　저녁 여덟시, 우크라이나 시간으로는 오후 한시, 승준은 회사로 가는 길에 꽃집에 들렀고 노란색 장미와 연보라색 들꽃을 골라 점원에게 포장을 부탁했다. 나스차와의 두번째 인터뷰가 잡힌 날이었다. 꽃집을 보자 임신 팔 주 차에 접어든 나스차에게 화면상으로라도 꽃을 선물하고 싶은 마음이 일었고, 더불어 이틀 후로 다가온 크리스마스를 함께 축하하고 싶기도 했다.

　일주일 전, 나스차와의 첫 인터뷰는 승준이 예상했던 것보다 강렬했다.

　인터뷰가 시작되자마자 나스차는 목소리가 잠긴 것에 양해를 구하며 전날의 심야 공습을 화제에 올렸는데, 승준은 공습이라는 단어를 듣자마자 나스차가 있는 곳이 엄연한 전쟁터라는 사실을 새삼스레 인식하게 됐다. 그때껏 자신이 전시戰時를 경험한 적 없고 전시 국가의 국민과 대화를 나눠본 적도 없다는 것을 실감하면서. 자정 무렵까지 지하의 차고 습한 공기를 마신 탓에 목감기에 걸린 것 같다고, 임신 초기라 감기약을 복용하지 못해 평소보다 몸 상태가 좋지 않다고 나스차는 뒤이어 설명했다.

대화는 자연스럽게 공습이 있던 날의 풍경으로 이어졌다. 휴대전화에 깔아놓은 공습경보 앱의 알림음과 도시 전체로 퍼져가는 공습 사이렌이 차례로 울리기 시작하면 나스차 부부는 보통 비상식량과 담요, 휴대전화를 챙긴 뒤 가까운 관공서나 호텔, 성당 지하로 이동했지만, 그날은 남편인 료샤가 약국에서 퇴근하지 않은데다 이층에서 혼자 사는 옥사나 할머니를 챙길 사람이 자신뿐이어서 일단 아파트 지하실에 마련된 식량 창고로 내려가게 됐다고 나스차는 말했다. 피난 행렬이 이어지면서 열두 가구가 거주했던 그들의 아파트에는 이제 나스차 부부와 옥사나만 남은 것이었다. 두 사람이 서로의 팔짱을 긴 채 정전으로 깜깜해진 계단을 조심조심 내려가는 동안 사이렌과 폭격기 소리는 길게, 끈질기도록 길게 이어졌다. 한때는 보드카와 와인, 치즈와 버터 등으로 채워졌던 식량 창고에는 이제 쓰레기가 대부분이었고 벌레와 쥐도 수시로 출몰했다. 애초에 방공호로 지어진 곳이 아니어서 난방은 되지 않았고 내벽도 약했다. 외부의 소리와 충격이 그대로 전해지는 추운 그곳에서 그들은 공습이 끝나기를, 표샤가 약국에서 무사히 돌아오기를 묵묵히 기다리는 수밖에 없었다.

지하실에서 옥사나는 간간이 나스차의 아랫배를 내려다보며 괜찮아 아가, 걱정하지 않아도 된단다, 그렇게 되뇌기도 했다. 미안하다, 정말 미안해, 한숨과 함께 속삭이면서. 마흔쯤에 남편을 만나 우크라이나로 오기 전까지 러시아에서 살았고 아직 말소되지 않은 러시아 국적도 갖고 있는 옥사나는 전쟁 이후부터 주변 사람들에게, 특히 아이들에게 자주 미안해했다. 그럴 때마다 나스차는 러시아 사람과 우크라이나 사람이 자연스럽게 가족이나 친척이 되어 서로의 나라를 넘나들었던 시절이, 전쟁 전까지 아주 흔했던 그런 일들이 아득하게 느껴졌다.

옥사나가 갑자기 기침을 했고, 순간 나스차는 옥사나에게서 한 뼘 떨어지며 몸을 웅크렸다고 했다. 잠시 뒤에야 나스차가 지레 놀란 채 옥사나를 보자, 옥사나는 다 이해한다는 듯 웃어 보이며 자신의 무릎에 놓인 담요를 나스차의 어깨에 둘러주었다. 그때였다. 관공서와 아파트, 기차역과 버스, 심지어 병원과 학교에 미사일이나 폭탄을 떨어뜨리고도 그것이 우크라이나를 돕는 행동이고 우크라이나 사람들을 구원하는 방식이라고 선전하는 그 나라에 피가 끓는 분노가 치밀어오른 것은. 오래된 분노이긴 했다. 허락한 적 없고 동의하지도 않은 전쟁으로 언제라도 부상과 죽음이 가능해진 비상시가 도래했다는 것을 나스차는 도무지 받아들일 수 없었다. 전쟁을 결정한 정부의 국민은 평범하고 안전한 오늘을 누리고 있는데, 아이를 다치게 하거나 잃을지 모른다는 원시적인 공포를 느낄 필요도 없는데, 그저 아이의 미래를 서로 축복하고 있을 텐데, 태연히, 나태하고도 태연히 풍요로운 저녁 식탁과 따뜻한 잠자리를 나누고 있을 텐데, 왜, 우리만 왜! 그런 식으로 생각이 확장되면 끝에 가서는 거의 미쳐버릴 것 같은 상태가 되기도 했다. 그들 중 대부분이 국가의 선택에 관여하지 않았다는 것을 모르지 않으면서도.

"꼭대기 층에 살던 카자코바 부부마저 떠나면서 옥사나의 불안은 더 커졌어요. 사실 그건 나도 다르지 않죠. 여든여덟 살의 노인과 임신 초기의 여자가 서로를 지켜줄 수 있을지, 우리가 이 시기를 무사히 지나 함께 새해를 맞을 수 있을지 점점 자신이 없어져요."

그렇게 말하는 컴퓨터 화면 속 나스차의 안색은 창백하면서도 어둑했다.

카자코바 부부는 딸이 거주하는 키이우로 떠나게 됐다고 나스차는 다시 말을 이어갔다. 우크라이나의 수도인 키이우도 러시아의 공습을 받는 건 똑같았지만 적어도 하르키우보다는 안전했다. 러시아와의 국경 근처에 위치한 하르키우는 격전이 빈번히 일어나는 동부전선에 포함된 도시로, 전쟁 초기에는 러시아에 함락된 적도 있었다.

키이우로 떠나기로 한 날 아침, 카자코바 부인은 나스차와 옥사나를 집으로 불러 주방 선반과 냉장고에 남은 음식을 나눠주었다. 밀가루, 설탕과 해바라기유, 유통기한이 하루나 이틀 정도 지난 계란과 우유, 햇사과로 직접 만든 잼과 시럽…… 그것만이 아니었다. 나스차에게는 아기의 기저귀로 사용하기에 나쁘지 않을 거라며 깨끗하게 세탁한 순면 천—새 이불에서 떼어낸 천이라고 했다—을 건네는가 하면, 양털 카펫과 모직 숄은 옥사나의 집으로 옮겨놓기도 했다. 옥사나와 나스차도 선물을 준비했다. 옥사나는 카자코바 부부와 그들의 딸을 생각하며 직접 뜬 세 개의 털모자를, 나스차는 여러 비상약으로 구성된 약상자와 따로 꼼꼼하게 밀봉한 신경안정제를 건넸다. 신경안정제는 카자코바 부인을 위한 것이었다. 지난 몇 달 동안 나스차는, 온몸을 옹송그린 채 무슨 말인가를 중얼거리며 아파트 복도를 걸어다니는 카자코바 부인을 여러 번 목격했었다. 마치 혼자만의 폭풍 속에 갇혀 있는 사람 같아서 나스차는 감히 부인에게 말을 걸 엄두조차 내지 못했다.

인터뷰 첫날부터 승준은 나스차가 들려주는 이야기에 완전히 몰입하게 됐다. 평평한 화면에서 들려오는 목소리만으로도 본 적 없는 장면이 눈앞에서 순식간에 입체화되어 역동하는 것만 같았고, 나스차의 응축된 불안과 분노가 그대로 전해지기도 했다. 인터뷰를 마치고 난 뒤에도 승준의 일상은 그 이야기의 자장 안에 있었는데, 특히 지유를 돌볼 때 그랬다. 공습 사이렌이 울리는 한밤의 도시, 아파트 지하의 음습한 식량 창고, 남은 밀가루와 설탕, 아파트 복도를 위태롭게 걸어가는 한 여자, 그 모든 이미지가 승준의 머릿속으로 불쑥불쑥 입장하곤 했다.

오늘 기자실은 일주일 전보다 더 한산했다. 하긴, 크리스마스이브가 내일이었다. 승준은 발소리를 조심하며 자신의 자리로 가 컴퓨터를 켰고 실내용 슬리퍼로 갈아 신었다. 이번에도 나스차는 이미 줌 회의실에 들어와 있었는데, 다행히 첫 인터뷰 때보다는 활기가 있어 보였다.

"임신 팔 주와 크리스마스를 축하하려고 샀는데, 직접 전하지 못해 아쉬워요."

승준이 화면을 통해 꽃을 보여주며 그렇게 말하자, 나스차는 이 세상 어딘가에 여전히 꽃을 사는 사람이 있다는 것을 상기시켜준 것만으로도 충분히 선물이 되었다고 대답했다.

"어제부터 우리 약국도 크리스마스 휴가에 들어갔어요. 사실 우크라이나에선 러시아정교회의 방식에 따라 1월 초에 크리스마스를 기념해왔는데, 이번 전쟁으로 그 방식을 거부하는 사람들이 대폭 늘면서 우리도 12월에 크리스마스 휴가를 맞기로 했죠. 휴가라고 해봤자 료샤와 미뤄뒀던 일들을 처리하느라 평소보다 바쁘게 지내고 있지만요."

"그럼, 어제 처리한 일부터 말해줄래요?"

"오전에는 료샤와 함께 아직 문을 연 산부인과에 가서 진료를 받았고 초음파 영상으로 아기의 모습도 확인했어요. 승준도 이미 경험해서 알겠지만, 아기의 심장 소리를 들은 순간 가슴이 뭉클했어요. 디티나, 나의 디티나, 계속해서 기도하듯 속삭였죠. 디티나는 우크라이나 말로 아기라는 뜻이거든요. 오후엔 해외 봉사자들이 지하수를 끌어올려 만든 새로운 형태의 우물에 가서 식수를 길어왔고요. 마침 밀가루가 떨어져서 구호단체에서 보내준 식료품도 받아와야 했어요. 길게 줄을 서야 하는 일이라 료샤 혼자 다녀오긴 했지만요. 저녁이 되어서야 료샤와 오붓하게 광장에 나가게 됐어요. 외벽이 불에 탄 아파트와 그 아파트 창가에 널린 빨래, 아이들이 있으니 폭격을 하지 말라는 메시지가 스프레이로 휘갈겨진 담벼락을 지나서요. 광장엔 크리스마스트리가 세워져 있더라고요. 나라 전체가 절전중이어서 점등된 빛이 예년보다 밝진 않았지만, 그래도 한동안 그 앞을 떠나지 못했어요. 꿈을 꾸는 것 같았죠. 집으로 돌아갈 때도 거리 여기저기에 빛의 조각들이 많이 널려 있어서 아, 오늘의 꿈은 운좋게도 길구나, 그렇게 생각했는데 가까이 다가가보니 그 조각들은 공습 때 깨진 유리의 파편들일 뿐이었어요."

나스차의 말이 길게 이어졌다. 나스차가 묘사한 것은 거기까지였지만 말이 되지 못한 장면들 속 나스차—료샤와 손을 꼭 잡은 채 울 것 같은 웃는 얼굴로 초음파 영상을 들여다보는 나스차, 그리고 아침에 눈을 뜰 때마다 새로운 꿈이 시작되었을 뿐이라고, 이곳은 그저 시끄러운 꿈의 한복판이라고 되뇌는 나스차를 헤아려보는 건 어렵지 않았다.

"참, 그때 예전 친구에게서 오랜만에 연락을 받았다고 했죠? 지나가듯 들은 이야기였는데도 내내 생각났어요. 그동안 그 친구와 만나지는 않았어요?"

나스차가 물었다. 그날, 나스차와의 첫번째 인터뷰 날이자 권은에게서 답신을 받았던 날, 카메라를 매개로 자신과 권은이 어떻게 긴 시간 차를 두고 이어져왔는지 나스차에게 간략하게 설명했던 것이 떠올랐다.

"그날 이후 몇 번 더 메시지를 주고받았지만 만나지는 못했어요. 친구는 지금 영국에 있거든요."

승준은 그사이 권은과의 메시지로 알게 된 것들—그녀가 영국으로 떠난 이유와 그곳에서 그녀를 맞이해준 영국인 여성, 그리고 그 영국인 여성의 도움을 받은 시리아 출신의 난민에 대해 길게 이야기했다. 나스차는 살마라는 이름의 그 난민에게 유독 관심을 보였다. 국경 밖으로 피난을 가게 된다면 나도 난민이에요, 라고 말하면서.

"친구에게 당신의 사정을 알리고 살마의 조언을 구해볼게요. 영국에 정착하게 된 과정 같은 거요."

승준이 말을 보태자, 화면 속 나스차는 애틋하도록 환하게 웃으며 연거푸 고맙다고 말했다.

인터뷰는 됴샤에게 약을 구하러 오는 주민들의 사연, 그리고 수미라는 이름의 도시—수미는 하르키우와 맞닿은 도시라고 했다—에 사는 나스차의 부모님과 최근 부모님 집으로 들어간 여동생의 이야기로 나아갔다. 나스차의 여동생은 남동쪽 항구도시인 마리우폴에 있는 철강 회사에 다니며 그곳에서 만난 남자친구와 결혼식을 준비하던 중이었는데, 그가 입대를 결정하면서 결혼식이 취소되었다고 했다.

인터뷰를 마쳤을 땐 밤 아홉시가 넘어 있었다. 승준은 컴퓨터를 끄고 가방을 챙겨 곧 기자실에서 나왔다. 집으로 돌아가는 길은 몸도 마음도 무거웠다. 나스차의 애틋한 웃음이 떠올라서였다. 끝까지 책임질 수 없다는 걸 뻔히 알면서 섣부르게 나스차의 삶에 참견을 한 것은 아닌지, 권은을 통해 살마에게 조언을 구하는 게 무리한 부탁은 아닐지, 그런 정처 없는 마음 때문이었는지도 몰랐다.

민영은 깨어 있었다.

현관문을 열고 들어가자, 유일하게 불을 밝힌 주방의 펜던트 조명 아래 앉은 민영이 보였다. 독백을 앞둔 무대 위 배우 같았다.

"왔어?"

민영이 승준 쪽은 보지 않은 채 물었다.

"늦을지도 모르니 기다리지 말고 먼저 자라고 메시지 보냈는데……"

"그래, 봤어."

"무슨 일 있었던 거야?"

조심스럽게 물으며 승준은 민영의 맞은편에 앉았다. 그제야 민영이 고개를 들어 그를 보았다. 지친 얼굴이었다. 지친 얼굴로 그녀는 그가 가져온 꽃을 무심히 내려다보며 예쁘네, 말한 뒤 이내 시선을 거두었다.

"아버지가 다녀갔어."

민영이 다시 말했다. 아버지, 라는 단어가 민영에게는 마음속에서 온갖 감정을 끌어올리는 투명한 그물과 같다는 걸 잘 아는 승준은 오늘밤 그녀가 유독 지쳐 보이는 이유를 그제야 조금은 짐작할 수 있었다.

"연락도 없이 왔더라고. 내가 집에 있는 걸 알고 무작정 찾아온 거겠지. 도무지 모른 척할 수가 없었어. 그렇잖아. 현관문 밖에 서 있는데, 어떻게 문도 안 열어줘."

갑자기 빠른 속도로 말을 쏟아내는 민영이 승준에게는 변명거리를 찾기 위해 필요 이상으로 애쓰는 사람처럼 보였다. 마치 아버지를 집으로 들여 지유를 보여준 것이 큰 잘못이라도 된다는 양……

"지유 태어났을 때 병원에서 잠깐 본 거 빼면 통 교류하지 못했잖아. 아버님이 지유 보고 싶으셨나보네."

"……그래, 그랬을 테지."

민영의 말투는 다시 차가워졌다. 그건 나와 상관없는 일이야, 라는 말을 삼켰을 거라고 그 순간 승준은 생각했다.

내 아버지는 차갑고 이기적인 사람이야.

결혼식 날짜를 확정하고 평택에 사는 민영의 아버지에게 처음 인사를 드리러 가던 날, 아버님은 어떤 분이냐는 승준의 질문—식성이나 취미, 사람을 판단하는 기준 같은 걸 알려달라는 의도로 가볍게 던진 그 질문에 민영은 그렇게 대답했다. 진저리가 날 정도로. 낮은 목소리로 덧붙이면서. 조수석에 앉은 민영은 정면을 응시하고 있었는데 웃음기 없는 그 경직된 옆얼굴은 방금 한 말이 농담이 아니라는 걸 의미했다. 그날 민영의 아버지와의 만남은 당연히 형식적이고 뻔한 질문과 대답으로 채워졌고, 그마저 민영이 불편해하는 기색이 역력해 승준과 민영은 식사조차 생략하고 바로 서울로 돌아와야 했다. 승준이 준비해간 두 병의 인삼주와 맞춤 주문한 케이크는 식탁에 그대로 올려둔 채였다.

내 삶은 아버지와 다른 사람이 되기 위해 온 힘을 다해 발버둥치는 과정이기도 했어. 결혼 전의 어느 날, 단둘이 술을 마실 때 민영은 그런 말도 했다. 대화 도중 띄엄띄엄 어머니 이야기도 나왔는데, 그 이야기의 조각들로 유추해봤을 때 민영은 예민한 십대 시절에 어머니의 투병과 죽음을 통과하며 아버지의 이기적인 모습을 본 듯했다. 그것도 여러 번에 걸쳐. 그때 승준은 민영의 말을 듣기만 했을 뿐, 아무것도 묻지 않았다. 취한 사람을 채근하는 것이 싫었고, 무엇보다 민영의 고유한 고통을 아는 것만으로도 이미 특권을 가진 거라고 생각해서였다. 그것이 그 고통의 외연을, 그러니까 그 고통이 민영의 삶에 드리우는 그늘을 외면한 쉬운 생각이라는 걸 미처 깨닫지 못한 채…… 결과적으로 승준이 민영의 아버지에 대해 아는 거라곤 그가 영문학으로 박사학위를 받았지만 평생 교수로 임용되지는 못했다는 것, 시간강사로 여러 대학을 전전하다가 오십대부터는 주로 집안에만 머물며 번역에 몰두했다는 것, 번역서 중에 베스트셀러나 주목받은 책은 단 한 권도 없다는 것, 말수가 없고 표정 변화가 거의 드러나지 않는 사람이라는 것, 외동딸인 민영과 사이가 좋지 않다는 것, 그 정도가 다였다.

"무서워."

"……뭐가?"

"지유가 생긴 뒤로, 내가 점점 아버지를 닮아가는 것 같아."

"나는, 난 모르겠어."

"당신도 나한테 실망했잖아."

"무슨 실망?"

"인터뷰하는 거 반대했을 때 말이야."

승준은 바로 부정하지 못했다. 민영이 안쓰러운 동시에, 서로에게 솔직하지 못한 이 시간이 불편하기도 했다.

"오늘 인터뷰한 거, 맞지?"

"실은, 그래."

"그 인터뷰이 임신중이라고 했던 것 같은데, 어때, 건강은 괜찮은 거야?"

"다행히 그런 것 같아."

"더 해줄래, 그 이야기?"

"……듣고 싶어?"

"지금은……"

대답하며, 민영은 손을 뻗어 식탁 위에 올려진 승준의 손을 잡았다.

"디티나, 우크라이나 말로 아기는 디티나래. 이제 팔 주차."

승준이 이야기를 꺼내자, 민영이 오른손 엄지와 검지를 작게 벌려 보이더니 요만할 때네, 웃으며 말했다. 컴퓨터 화면 저편에서 애틋하도록 환하게 웃던 나스차가 민영의 얼굴에 그대로 겹쳐지는 듯했다. 그 순간 승준은 오늘밤 민영과의 대화가 생각보다 길어지리란 걸 예감했다. 나스차가 처한 상황과 그런 나스차에게 소개해주고 싶은 살마에 대해 말하려면 결국 권은을 입에 올릴 수밖에 없을 테니까. 어쩌면 민영은 권은을 기억할지도 몰랐다.

"그럼, 기억하지. 당신 인터뷰집에서 가장 인상적인 꼭지였는걸. 둘이 초등학교 동창이라고 했잖아."

잠시 뒤 승준이 권은의 이야기를 꺼냈을 때 민영은 반갑다는 말투로 대꾸했고, 승준은 그런 민영에게 가만히 고개를 끄덕여 보였다.

곧 긴 이야기가 시작될 터였다.

애나는 오븐에서 꺼낸 파이를 조리대 위에 올려놓은 뒤 슈거 파우더로 크리스마스 장식을 하며 게리에 대한 이야기를 이어갔다. 게리가 화제에 오른 건 요리를 시작할 때였는데, 며칠 전 국내 출판사에서 그녀에게 이메일로 보내온 사진집 출간 제안서가 발단이 됐다. 그 이메일에 선뜻 답장을 못했다는 그녀의 말에 애나는 그녀가 자신의 집에서 이렇게 함께 요리를 하고 있는 것도 게리의 사진집이 없었다면 불가능한 일이 었음을 상기시켰다.

"사실 나는 오랫동안 오빠를 이해하지 못했어."

"……"

"평생 위험한 지역만 떠돌며 산 것이나 결혼하지 않은 것도, 나와 아버지에게 투병 사실을 알리지 않은 채 레스보스섬의 난민 캠프로 떠나버린 것도, 그곳에서 혼자 죽어버린 것도, 전부 다."

"……"

"하지만 가장 이해할 수 없었던 건 끝까지 아버지와 화해하지 않은 거였지. 그 고집이 나는 정말이지 끔찍하게 싫었어."

애나는 이제 파이를 잘라 붉은색과 초록색 상자에 골고루 담기 시작했다. 파이는 오븐에 구운 닭고기 요리와 지금 그녀가 식탁에 앉아 어색한 손놀림으로 말고 있는 김밥과 함께 살마의 집에서 열리는 크리스마스 파티에 가져갈 예정이었다. 그 파티를 위해 잠시 뒤엔 딜런이 애나와 그녀를 데리러 올 터였다.

애나가 아직 걸을 수 없는 살마를 위해 살마와 딜런의 집에서 크리스마스를 보내기로 하면서 두 아들의 방문은 취소되었는데, 애나의 그 결정으로 그녀는 마음 한편이 내내 편하지 않았다. 어머니가 사는 방식에 반발심을 내비치던 데이비드의 태도를 엿본 이후, 그녀는 자신과 살마가 애나를 두 아들로부터 고립시키고 있는 건 아닌지 생각하지 않을 수 없었다.

"콜린은요? 콜린은 그 일을 후회하거나 사과한 적이 없어요?"

그녀는 적당한 크기로 자른 김밥을 플라스틱통에 담으며 물었다.

"내 기억에는 없어."

"콜린이 좀더 솔직했더라면 두 사람이 화해를 했을지도 모르겠어요."

"글쎄, 내 눈엔 아버지도 가여운 사람이었을 뿐이야. 드레스덴으로 폭격기를 몰고 갈 때 아버지는 스물두 살의 청년이었어. 명령을 거부할 자격도, 그럴 기회도 없었을 테지. 더욱이 독일이 먼저 시작한 전쟁이었잖아. 열아홉 살에 입대해서 삼 년 가까이 전쟁터를 떠나지 못한 영국 청년이 독일 국민에게 얼마나 자비심을 품을 수 있었겠어? 물론……"

"……"

"물론, 그건 명백하게 끔찍한 공격이었지만 말이야."

"……"

"오빠가 죽기 전까지, 그래서 그를 이해하기 위해 그의 사진과 글들을 모아 정리하기 전까지, 난 전적으로 아버지 편이었어. 참전 군인이었던 아버지를 오랫동안 존경하기도 했지. 지금도 전쟁과 별개로 그 마음은 그대로야."

그녀는 애나의 이야기를 들으며 게리가 언론과 했던 인터뷰, 사진집에 쓴 서문, 〈사람, 사람들〉이 공개되었을 당시 감독으로서 관객에게 전한 메시지를 떠올렸다. 그 기록들을 모두 찾아 읽은 그녀로선 드레스덴 폭격을 담은 사진들이 소년이었던 게리에게 충격을 안긴 동시에 사진가로서의 미래를 꿈꾸게 하는 계기가 되었다는 걸 모를 수 없었다. 하지만 그는 그 사진들에 아버지가 연루되어 있다는 건 그 어디에서도 밝힌 적이 없었으므로 영국에 와서 애나의 설명을 듣기 전까지 그녀 역시 그 사실을 알지 못했다.

콜린을 만난 이후에야 알게 된 사실은 더 있었다. 그녀가 콜린에게 드레스덴을 기억하느냐고 물었을 때, 영상 모드로 전환된 카메라의 액정 안에서 콜린은 어떻게 기억하지 못할 수가 있겠느냐고 되묻고는, 몰랐다고 바로 이어 말했다. 자신은 군수 시설을 목표로 폭탄을 투하했을 뿐, 민간인이 다치거나 죽을 거라고는 전혀 알지 못했고 예상하지도 못했다고…… 그녀는 그때껏 콜린을 다섯 번 만났는데, 그때만큼 그의 정신이 또렷해 보인 적은 없었다. 혼탁했던 눈동자가 갑자기 형형해 보이기까지 했다.

그는 모르고 싶어서 몰랐을 거라고, 그때 그녀는 생각했다. 그가 조종한 영국 공군 소속의 중폭격기가 소이탄을 떨어뜨린 곳이 민간인 거주 지역이었다는 것을, 단지 건물이 아니라 그 안에서 살아가던 구체적인 사람들이 표적이 되었다는 것을, 그는 진정 모르고 싶었을 거라고. 물을 끼얹거나 산소를 차단해도 좀처럼 꺼지지 않는 소이탄의 속성에 대해서도, 그 파편을 맞은 사람들은 피부 아래 지방층과 내장이 타들어갈 때까지, 그래서 한낱 타다 남은 한덩어리의 물질로 쪼그라들 때까지 그 가공할 고통을 피할 길이 없다는 것도, 그는 최선을 다해 모르고 싶었으리라. 관련된 보도나 기사, 비판의 어조가 담긴 서적, 생존자들의 증언, 함께 참전한 공군들이 전화기 너머나 술집에서 주절대던 회한의 말들, 그 모든 것을 보지도 듣지도 않기 위해 매 순간 긴장했을 수도 있다. 게리는 아버지가 군인으로서 범한 행동 자체가 아니라 그뒤에 조작되고 의도된 아버지의 무지를 끝내 받아들이지 못한 건 아니었을까. 알마마이어가 게리와의 인터뷰에서 한 말—무지를 무죄로 활용한 사람들을 향해 천진한 기만이라고 했던 그 말을 들으며 게리는 아무도 모르게 아버지를 떠올렸을지도 모른다.

콜린은 보았고, 그러므로 모를 수 없었으니까.

그는 당시 드레스덴의 참상을 담은 사진들을 본 적이 있었다. 그 사진들을 준비한 건 게리였는데, 게리는 아버지의 외면을 원천봉쇄하겠다는 듯 일요일 아침의 식탁 위에 사진들을 한 장 한 장 올려두었다. 어린아이 크기로 쪼그라든 시체들,

그 시체 중 일부가 껴안고 있던 아기 형상의 잿더미, 타오르는 불길 안에서 격렬하게 몸부림치는 누군가의 실루엣, 길거리에 나뒹구는 타다 남은 신체의 일부들…… 1969년, 게리가 열일곱 살 때의 일이었다고 애나는 말했었다. 전 세계적으로 반전에 대한 감각이 한껏 벼려져 있던 그해, 게리의 가슴속에도 그의 성향을 수정하고 미래를 결정할 만한 엄청난 에너지가 움트고 있었으리라고 그녀는 짐작했다.

하지만 콜린과의 일곱번째 만남이자 마지막 인터뷰가 없었다면 그녀는 콜린이 모르고 싶어했던 것이 폭격의 결과만이 아니었음을 눈치채지 못했을 것이다. 폭탄 투하 버튼을 누른 순간 되돌릴 수 없는 부상을 입거나 죽음에 이르게 될 사람들에 대해 그도 알고 있었으며 잊고 싶어했다는 것을…… 그가 폭격기 조종석에서 보았던 건 단지 폭죽인 양 어둠을 물들이는 소이탄의 눈부시도록 환한 빛만이 아니었던 것이다. 그날 콜린은 드레스덴이 처음 화제에 올랐을 때의 또렷하고 형형했던 모습과는 정반대의 모습, 극도의 혼돈과 고통 속에서 거의 절규하듯 조각난 말들을 토해냈다. 그녀의 눈에 그런 콜린은 또다른 의미의 부상병으로 보였다. 무려 팔십 년 가까이 치료를 받을 기회마저 없었던 부상이었다. 그 인터뷰가 있고 열흘 뒤 콜린은 요양원에서 임종을 맞았고, 그녀는 그날의 일을 애나에게 말하지 않았다. 그때 찍은 영상을 최종 파일에 담지도 않았다.

"게리와 불화하면서 사실 아버지는 한동안 심각한 우울증을 앓았어. 스무 알 정도의 수면제를 먹고 욕조에 누워 있는 아버지를 어머니와 내가 발견하고 구급차를 부른 적도 있었지."

"게리는 아버지의 상태를 몰랐나요?"

"엄마가 말했을 테니 모르진 않았겠지. 하지만 직접 본 적은 없어. 적어도 내가 알기로는 그래. 오빠는 대학에 가면서 자연스럽게 독립했고 그 이후로는 아버지와 대화할 시도조차 하지 않았으니까. 오빠는 아버지가 파킨슨병에 걸리고 치매 증상을 겪는 걸 볼 기회도 없었지. 너무 일찍 죽었으니까."

"……"

"그래, 비극은 그거야. 오빠는 너무 일찍 죽고 아버지는 너무 오래 산 것, 그리고 나는 오빠가 죽은 뒤에야 그를 이해하게 된 것…… 오빠의 장례식을 마치고 그의 짐을 정리하다 그가 남긴 사진들을 다시 보게 됐는데, 왜였을까, 하염없이 눈물이 났어. 정말 순식간에 그를 다 이해할 수 있었어."

말을 마친 애나는 선반을 열어 와인을 꺼내더니 능숙하게 코르크 마개를 딴 뒤 한 잔 가득 따라 마셨다. 그녀가 김밥 몇 개를 접시에 담아 건네며 한국에서는 빈속에 술을 마시는 걸 나쁜 습관으로 여기는 문화가 있다고 말하자 애나는 유쾌하게 웃었다. 이내 어색한 젓가락질로 김밥을 집어 입에 넣으며 연신 맛있다고 말하는 애나를 그녀는 미소를 띤 채 바라봤다.

"말이 길어졌지만, 결국 내가 하고 싶은 말은 무조건 사진집을 내라는 거, 그것뿐이야. 사진가가 사진집을 남기는 건 의무야. 누군가 실버의 사진을 보고 이전과 전혀 다른 방식으로 세상을 보게 될 수도 있어. 그런 경험은 누구보다 실버가 잘 알잖아."

"알죠, 하지만……"

"사진가가 된 걸 후회한 적이 있다고 말하고 싶은 거야?"

"아……"

"……"

"맞아요. 실은, 자주 그랬어요."

"다리를 잃는 사고를 당한 사람이 그리되게 한 직업을 원망하지도 않는다면, 그게 오히려 스스로를 속이는 것 같은데?"

"게리는 사진에 자기 삶을 다 바쳤잖아요. 저는 게리 같은 사진가는 될 수 없는 사람이에요."

"한 사람이 살면서 어떤 고생을 했고 뭘 포기했는지, 실버, 그걸 속속들이 파악한 뒤 다른 사람과 비교하는 게 가능하다고 생각해?"

"……"

"실버."

"……"

"어쩌면, 실버의 엄마가 사진집을 보고 연락해올 수도 있어."

"……저도 와인 한잔 마시고 싶어요."

짧은 침묵 뒤 그녀가 그렇게 대꾸하자, 애나가 새로운 잔에 얼른 와인을 따라 건넸다.

엄마의 소식이라면 고등학생 때 보육원을 찾아온 고모로부터 한 번 듣긴 했다. 재혼했고, 벌써 두 아이에게 엄마라 불리며 산다는 소식이었다. 고모는 엄마가 그녀를 만나고 싶다는 의사를 전해왔다며, 한번 자리를 마련해볼까, 라고 묻기도 했는데 그때 그녀는 그 제안을 거절했다. 대신 그날로부터 며칠 뒤, 엄마가 새로운 가정을 꾸려 살고 있다는 부천의 소사동을 찾아간 적은 있었다. 비탈이 많고 사방으로 뻗은 골목마다 다가구주택이 빼곡히 들어찬 동네였다. 엄마를 만날 생각은 애초에 품지 않았고 우연히 마주쳐도 얼굴을 알아볼 자신도 없었지만, 그날 그녀는 해가 질 때까지 그 동네를 걷고 또 걸었다. 그녀를 스쳐지나가다 그대로 멈춰 선 중년의 여자가 한 명 있긴 했다. 여자 쪽으로 몸을 돌린 그녀는 여전히 이쪽을 향해 서 있던 여자를 뚫어지게 건너다봤고, 어느 순간 제풀에 놀라 황급히 돌아섰다. 거친 숨을 내뱉으며 정신없이 비탈길을 내려가다가 다시 뒤를 돌아봤을 때, 여자는 그 자리에 없었다.

비슷한 인상의 여자를 몇 년 뒤 사진관 앞에서도 본 적이 있었다. 아니, 보았다고 생각했다. 비탈길에서 본 여자와 같은 사람인지 확신할 수 없었지만, 중키에 마른 몸, 느슨하게 한데 묶은 헤어스타일이 똑같았다. 사진관에서 그녀는 보정 업무를 하는 틈틈이 출력된 사진들을 규격에 맞게 잘라서 봉투나 앨범에 담는 일도 했는데, 그날 창가 자리에서 그 일을 하다 무심코 고개를 들었을 때 맞은편 가로수 뒤편에 서 있던 그 여자를 목격하게 된 것이었다. 여자는 오래전 그녀가 그랬듯 금세 돌아섰지만 다른 곳으로 이동하지는 않았다. 자신의 뒷모습이 그녀에게 보인다는 걸 뻔히 알 텐데도 고집스럽게 나무 뒤편에 한참을 서 있다가 그녀가 사장이 부르는 소리에 잠시 자리를 비운 사이 떠나버렸다. 이번에도 인내심 없이. 하긴, 불확실한 짐작이었으니 그 실망도 불확실해야 맞았다. 그럼에도 그날 이후 짧은 안도감이 가슴속을 휙 지나갈 때가 있었다. 꿈에서조차 얼굴을 보여주지 않았던 엄마가 자신을 찾아왔다고 생각하면 작은 안도감이 드는 동시에 그 인색한 안도감이 허무하고 쓸쓸했다. 어쩌면 중요한 건 단 하나, 그날 이후 그 여자가 그녀 앞에 다시 나타난 적은 없다는 것, 그뿐인지도 몰랐다.

마침 초인종소리와 함께 딜런의 목소리가 들려왔다. 애나와 그녀는 서둘러 외투를 꺼내 입고는 지금까지 만든 음식을 챙겨 밖으로 나갔고 딜런과 번갈아 포옹을 나누었다.

딜런의 차를 타고 덜리치에서 해머스미스로 이동하는 동안, 딜런은 어제저녁 살마가 다친 이후 처음으로 두 발을 동시에 바닥에 디디는 데 성공했다는 소식을 전해주었다. 조수석의 그녀와 뒷자리에 앉은 애나가 손뼉을 치며 기뻐한 것도 잠시, 딜런은 나쁜 소식도 있다며 침울한 목소리로 다른 말을 꺼냈다. 아직 경찰로부터 수사가 어떻게 진행되고 있는지 전달받지 못했다고, 연락하고 재촉해도 경찰은 정보를 공유하지 않고 있는데 처음부터 큰 기대는 없었지만 그럼에도 실망스럽다고 그는 말했다.

살마와 딜런의 집에 도착해 낮은 울타리를 지나 청록색 공동 현관문을 연 순간부터 울음소리가 들려왔다. 의심할 여지 없이 살마의 목소리였다. 당황한 표정이 역력한 딜런이 상황을 보고 오겠다며 먼저 계단을 올라갔고, 애나와 그녀는 현관에 선 채 잦아들다가 다시 격렬해지는 울부짖음을 듣고만 있어야 했다. 잠시 뒤 계단을 내려온 딜런은 불과 몇 분 전에 살마가 아버지의 부고를 들었다고 알려주었다. 알레포에 사는 친척이 국제전화로 소식을 전해주었다고 했는데, 시리아 북서부에 위치한 알레포는 살마 가족의 고향이기도 했다.

"시민방위대 활동을 하던 중에 귀를 다치면서 염증이 생겼다고 해요. 간단히 치료할 수 있는 부상이었지만 치료를 거부한 채 활동을 계속하다가 갑자기 혼수상태에 빠졌고, 그 상태로 돌아가셨나봐요. 알레포에는 인공호흡기 같은 고급 의료 장비가 부족해서 그를 살리는 게 불가능했던 모양이에요."

"하긴, 살마의 아버지도 아내와 아들의 비극을 다 알고 있었을 텐데, 그걸 알면서 살겠다는 마음이 일지는 않았겠지……"

딜런과 애나가 그런 대화를 나누는 동안, 그녀는 살마가 감당하고 있을 슬픔에 동요하지 않으려는 자신의 나약한 이기심을 느낄 수 있었다. 어쩌면 살마의 슬픔에 거리를 둠으로써 이번엔 스스로를 보호하겠다고 은연중에 생각한 건지도 몰랐다.

순간, 누구에게라도 전화해 고백하고 싶었다.

오랫동안 살마를 원망했다는 고백을……

살마를 몰랐다면 나는 사진의 힘을 좀더 오래 믿었을지도 모르니까, 내가 찍은 사진과 사진을 찍는 나 자신에게 부여되었던 욕망을 지금껏 숭고하게 보듬고 살았을 수도 있으니까,

무엇보다.

무엇보다, 나는 내가 살마 때문에 다쳤다고 생각했어.

그런데도.

고작 이런 사람인데도, 너는 어쩌자고 딸에게 내 이야기를
해주려 했니.

그런 식으로 생각이 이어진 뒤에야, 그녀는 전화를 걸고 싶
었던 그 대상은 단 한 사람이었다는 것을 깨달았다.

추가 수술을 받고 의족을 맞추고 재활 치료를 받는 동안 그
녀는 살마를 만나지 않았다면, 그래서 살마의 아픔을 몰랐더
라면 시리아로 가지 않았을 수도 있었다고 수없이 가정해보곤
했다. 아무리 제어해도 그 가정은 계속해서 그녀의 마음을 헤
집었고 그녀는 그렇게 살마 모르게, 그 누구도 모르게, 고요
히, 마치 마른 손가락에 침을 묻혀가며 돈을 세는 수전노인 양
가정의 결과를 비교하고 자신이 잃은 것을 계산하곤 했다. 그
원망은 죄책감으로 변형되기도 했고 스스로를 향한 실망으로
비틀어지기도 했으며, 때로는 그저 원망 그 자체로 가슴속 어
딘가에서 돌처럼 굴러다니기도 했다.

살마가 애나, 은, 이리 와줘, 하고 말하는 목소리가 삼층에
서부터 계단을 타고 내려왔다. 그녀는 애나를 따라 계단을 올
랐고, 문을 열고 나와 목발을 짚고 선 채 울먹이는 살마를 보

았다. 애나는 바로 두 팔을 벌려 살마를 안아주었지만 그녀는 한 걸음 떨어진 곳에서 부둥켜안은 채 함께 우는 두 사람을 지켜보기만 했다.

고개를 숙였다.

시선이 닿는 곳에선, 복도 창을 통해 들어온 겨울의 여윈 빛 한줄기가 맞은편 벽의 모서리를 지나 굴절된 채 지나가고 있었다.

반장, 사람이 할 수 있는 가장 위대한 일이 뭔지 알아?

그녀가 물었다.

누군가 이런 말을 했어. 사람을 살리는 일이야말로 아무나 할 수 없는 가장 위대한 일이라고. 그러니까……

그러니까, 그 말 다음엔 때로는 승준의 마음을 아프게 했고, 또 때로는 무겁게 각성시키기도 했던 바로 그 문장이 이어졌다.

내게 무슨 일이 생기더라도 네가 이미 나를 살린 적 있다는 걸, 너는 기억할 필요가 있어.

권은이 언급한 그 누군가는 〈사람, 사람들〉에 등장하는 노먼 마이어였다.

알마 마이어의 외아들인 노먼은 퇴직한 외과의사로, 2009년 1월 이집트에서 가자지구로 향하던 구호품 트럭을 마련한 사람이기도 했다. 노먼과 같은 트럭에 있었던 게리는 이 과정을 다큐멘터리로 완성하여 2010년에 공개했다. 다큐멘터리와 관련된 인터뷰에서 그는 세상 사람들이 〈사람, 사람들〉을 보지 않아도 상관없다고, 관객이라면 이미 영상을 본 알마 마이어로 충분하다고 말한 적 있지만, 다큐멘터리는 공개되자마자 다수의 국제영화제에 초청되었고 크고 작은 상을 받았다.

칠 년 전의 승준은 앤솔러지 필름 아카이브 홈페이지에서 결국 그 다큐멘터리를 예매했다. 다큐멘터리를 보기로 예정된 날, 뉴욕엔 아침부터 짙은 안개가 꼈다. 구층 높이의 호텔방에서 내려다본 뉴욕 거리는 물에 잠긴 고대 도시만큼이나 비현실적으로 보였고 영원이라는 시소 반대편에 세워진 허상인 듯 멀게 느껴지기도 했다. 훗날, 어린 권은의 꿈속에 반복적으로 등장했다는 낯선 도시들―엄마가 선물한 스노볼을 끌어안고 잤던 건 혼자라는 게 무서워서이기도 했지만 그보다는 엄마가 나오는 꿈을 꿀 수 있으리란 기대 때문이었다고, 그녀가 그에게 쓴 블로그의 편지에는 그렇게 적혀 있었다―을 상상할 때면 그날의 아침 풍경이 가장 먼저 떠오르리란 건 짐작하지 못한 채, 승준은 한참을 창가에 우두커니 서 있었다.

앤솔러지 필름 아카이브는 이층짜리 붉은색 벽돌 건물로 극장이라기보다 수집가의 작은 박물관 같다는 인상을 주었는데, 실제로 그곳은 과거의 실험적인 영화를 복원해 상영하고 관련 자료들을 전시하는 공간이기도 했다. 승준은 아치형 문을 지나 로비에 마련된 수많은 영화 포스터와 팸플릿, 오래된 카메라와 영사기, 낱장으로 걸려 있는 슬라이드 필름들을 구경하다가 상영관 안으로 들어갔다. 평일 이른 시각이었는데도 상영관은 절반 이상 채워져 있었다. 승준이 자리를 찾아가 가방을 내려놓고 앉자 곧 상영관 안이 암전되면서 스크린에 빛이 투사됐다.

다큐멘터리는 아무런 자막이나 내레이션 없이 가자지구의 어느 사원 벽에 붙어 있는 수많은 사람들의 사진들을 비추며 시작됐다. 잿빛 벽은 하나의 거대한 앨범처럼 보였고 조악한 한 장 한 장의 사진 속에 들어 있는 남자, 여자, 노인, 아이들은 각기 다른 표정으로 떠나온 세상을 고요하게 건너다보고 있었다. 히잡을 쓴 젊은 여성이 한 청년의 사진 앞으로 비틀비틀 걸어가 정성스럽게 입을 맞추는 장면에 카메라는 오래 머물렀다. 마치 그곳으로 오기 전, 죽은 연인에게 보여주기 위해 화장을 하면서 눈동자가 젖을 만큼 눈물을 흘렸을 그녀의 모습을 상상해보라고 주문하듯이…… 오프닝 장면에서부터 승준은 자신이 그 다큐멘터리에 완전히 빠져들리란 걸 예감했다.

"무슨 생각 해?"

곁에 앉은 민영이 물었다. 마침 바람이 불면서 빈 그네의 삐걱거리는 쇳소리가 놀이터를 채워갔다. 크리스마스에 이어 한 해의 마지막날도 집에서만 보내는 것이 아쉬워 지유를 데리고 외출을 감행한 곳이 고작 아파트 단지 내 놀이터였다. 승준은 내복에 모자가 달린 겨울옷을 착용한데다 모직 담요까지 덮고 있는 유아차 안의 지유를 내려다봤다. 지유의 눈동자에 그 눈동자 크기만큼 축소된 하늘이 고스란히 비쳤다. 그 어떤 오물도 묻지 않도록 지켜주고 싶은 작은 하늘이었다.

"게리 앤더슨의 다큐멘터리를 생각하고 있었어."

승준이 그렇게 대꾸하자 민영은 알겠다는 듯 고개를 끄덕였다. 아침에 민영은 〈사람, 사람들〉을 보려고 며칠 동안 여러 사이트를 돌아다녔지만 결국 찾지 못했다고 말했고, 그때부터 승준은 그 다큐멘터리의 여러 장면을 두서없이 떠올렸다.

"권은 사진가의 근황을 들은 뒤부터 왠지 보고 싶더라고. 당신이 봤다고 하니 더."

"아무래도 감독님이 저작권을 어디에도 팔지 않은 채 돌아가신 것 같아. 유명세에 비해 영상이 풀리지 않은 걸 보면. 그래도 아는 문화부 기자들 통해 좀 찾아볼게. 나도 한번 더 보고 싶기도 하고."

"……근데, 죽음이 많다. 다큐멘터리를 만든 사람도, 거기에 출연한 사람들도 거의 다 죽었잖아. 우리가 그들이 남긴 영상에 어떤 마음을 갖는지, 그런 걸 알아줄 사람이 이제 그들 중엔 없네."

"그러게."

대답한 뒤, 승준은 지유의 목까지 담요를 꼼꼼히 덮어주었다.

노먼 마이어는 죽었다.

게리와 트럭 운전수는 살아남았지만, 그는 희생됐다. 그 사고는 누구도 예상하지 못한 일이었다. 아무리 전시여도 구호품 트럭은 학교나 병원처럼 피격 대상이면 안 된다는 것이 국제적으로 통용되는 인권규약이었으니까. 아니, 규약이기 전에 인간으로서 지켜야 하고 지켜나가야 할 도리일 테니까. 노먼이 이집트에서 구호품과 트럭, 운전수를 준비하는 과정, 이집트를 출발해 가자지구로 가는 트럭 안과 차창 밖의 풍경, 노먼과 게리의 대화, 그리고 그 대화와 교차되는 노먼의 독백, 그렇게 노먼을 주인공으로 이어지던 다큐멘터리가 후반부부터는 다른 내용—노먼의 아내와 딸들, 그리고 알마와의 인터뷰로 채워지게 된 건 되돌릴 수 없는 그 죽음 때문이었을 것이다. 문제의 피격 장면은 카메라가 다시 구호품 트럭 안을 비추는 엔딩 장면에서 등장하는데, 승준은 그 장면의 청각적인 충격을 여전히 기억하고 있었다.

노먼의 죽음은 한동안 화제가 됐다. 그럴 만했다. 이집트에서 가자지구로 향하던 구호품 트럭의 피격, 그 구호품과 트럭을 사비로 마련하고 운전수를 고용한 유대계 미국인의 죽음, 홀로코스트 생존자였던 그의 어머니, 이 모든 게 누구에게라도 드라마틱한 인상을 줄 만한 스토리였을 것이다. 당연히 각종 매스컴이 알마 마이어와의 인터뷰를 시도했지만 알마는 그 어떤 인터뷰에도 응하지 않았다. 오히려 알마는 칩거를 선택했다. 집안의 모든 창을 암막 커튼으로 가려놓고는 집에서 한 발자국도 나가지 않았다. 그녀가 노먼의 일로 만난 외부인은 게리 앤더슨이 유일했다. 게리가 그녀에게 보낸, 노먼의 마지막 일주일이 기록된 영상—그리고 이 영상은 훗날 〈사람, 사람들〉에 고스란히 담기게 된다—을 보고 난 뒤 내린 결정이었다.

스크린 속에서 알마는 자신의 칩거에 대해 이렇게 설명했다.

"사람들이 노먼을 시대의 양심이니 유대인의 마지막 희망이니 하는 수식어로 포장하는 걸 도저히 용납할 수 없었어요. 그런 거창한 수식어 뒤에 숨어 있으면 아무것도 하지 않고도 정의의 증인이 될 수 있다고 믿는 건, 뭐랄까, 나에겐 천진한 기만 같아 보였죠. 알려 했다면 알았을 것들을 모른 척해놓고 나중에야 자신은 몰랐으니 아무런 책임이 없다고 주장하는 것처럼 말이에요. 전쟁이 끝나고 나서야 홀로코스트의 잔인함에 경악하며 자신의 양심을 지켜내려 했던 그 수많은 비유대인들을 나는 기억하고 있어요. 화가 나진 않았어요. 그때나 지금이나 그저 무기력해졌을 뿐이에요. 무기력한 환멸 같은 거, 그런 거였죠."

벨기에에서 태어난 알마 마이어는 유대인이면서 여성이라는 이중의 차별 조건을 딛고 브뤼셀 필하모닉에 바이올리니스트로 입단했다. 하지만 1940년, 벨기에에 유대인 등록령이 내려지면서 그녀는 오케스트라에서 해고됐고 게토에 갇히거나 수용소로 끌려가야 하는 처지가 되었다. 그때 그녀의 연인이자 같은 오케스트라에서 호른을 연주하던 장 베른이 브뤼셀 외곽에 위치한 사촌형의 식료품점 지하 창고에 그녀의 은신처를 마련해주었다.

창문이 없던 그곳은 램프를 켜지 않으면 한낮에도 깜깜했다. 일주일에 한 번씩 장이 물과 빵이 담긴 바구니를 들고 찾아오긴 했지만, 그 무렵에 누구나 그랬듯 장 역시 가난했으므로 그 양은 칠 일을 버티기에 늘 부족했다. 바구니는 가볍고

초라했지만 장은 바구니 밑바닥에 자신이 작곡한 악보 한 장씩을 깔아놓는 걸 잊지 않았다. 그녀는 바이올린을 꺼내 활이 줄에 닿지 않도록 적당한 거리를 유지하며 그 악보들로 연주를 하곤 했다. 조명이 없는 무대에서, 관객의 박수를 받지 못한 채, 소리가 없는 연주를……

"장이 작곡한 그 악보들은 지하 창고에서 날마다 죽음만을 생각하던 내게 내일을 꿈꿀 수 있게 해준 빛이었어요. 그러니 난 이렇게 말할 수 있어요. 그 악보들이 날 살렸다고 말이에요."

스크린 속에서 알마는 인터뷰를 시작하고 처음으로 환하게 미소 지으며 그렇게 말했다. 이른 시간부터 상영관에 모여든 다른 관객들은 그 장면을 보며 알마를 따라 함께 웃었을지 모르겠다. 승준은 그럴 수 없었다. 우리는 비슷한 경험을 공유하고 있어요, 라고 을지로 술집에서 권은이 말했을 때 그 말 속에 꾹꾹 담긴 그녀의 시간이 그제야 보이는 듯했으니까. 너무 어린 나이에 죽음을 생각했을지 모르는 절망의 순간들이, 빛이 들지 않는 방에서 열두 살의 승준을 기다렸을 그 작고 마른 등이, 고작 학용품과 건전지, 쌀과 라면 따위에서 살아갈 이유를 찾았을 황량한 마음이……

잊혔거나 흘려들었던 그녀의 말이 되살아나기도 했다.

북 카페에서의 인터뷰 때, 어느 날 손에 들어온 카메라로 나는 다시 세상과 연결되었어요, 라고 말한 그녀는 잠시 숨을 고르다가 무슨 말인가를 덧붙였는데 볼륨을 줄여놓은 듯 까맣게 잊혔던 그 뒷말이 다큐멘터리를 보는 동안 온전히 기억났던 것이다.

"카메라는 나도 살 권리가 있다는 것을 알려준 사물이었죠."

승준이 굳이 분쟁 지역의 사람들을 찍는 이유를 물었을 때는 이렇게 대답하기도 했다.

"사람을 살리는 사진을 찍고 싶으니까요. 죽음만을 생각하거나 죽어가는 사람들을 잊히지 않게 하는 사진을 찍는 거, 그게 내가 사는 이유예요."

노먼도 비슷한 말을 했다. 알마가 인터뷰에서 장과 노먼이 죽을 때까지 아버지와 아들의 관계로 서로를 만난 적 없다는 것을 언급한 이후 다시 트럭 안으로 장면이 전환되었을 때, 노먼은 담담히 말했다.

"몇 년 전 장 베른의 죽음을 전해들은 이후 나는 다짐했어요. 그가 인생에서 한 가장 위대한 일을 내 삶에서 재현해보자는 다짐이었죠. 쓰레기 같은 전쟁에서 죽을 뻔했던 한 여성을 살린 그 일을 말이에요. 사람을 살리는 일이야말로 사람이 할 수 있는 가장 위대한 일이라고 나는 믿어요. 보다시피 나도 이제 늙었어요. 더 늙기 전에 그가 했던 방식으로 그의 역사를, 내 아버지의 삶을 기념해주고 싶어요."

노먼이 말을 마친 순간, 카메라는 노먼의 얼굴을 클로즈업한 뒤 조금씩 뒤로 물러났다. 스크린은 서서히 페이드아웃되고 있었다. 그렇게 다큐멘터리가 끝나리라 생각한 순간, 관객들의 뒤통수를 내리치듯 강렬한 폭발음이 상영관 안을 가득 메웠다. 폭발음 뒤엔 암전이었다. 아무런 설명이나 내레이션 없이 스크린에는 엔딩 크레디트가 한 줄씩 뜨기 시작했다. 승준은 여전히 얼얼한 두 귀를 손으로 감싼 채 엔딩 크레디트를 올려다봤다. 가장 마지막으로 스크린에 떠오른 두 사람의 이름 옆에는 생몰 연도가 정확하게 기재되어 있었다. 노먼 마이어, 그리고 게리와의 인터뷰 이후 육 개월 만에 자택에서 숨진 알마 마이어였다. 그들의 세계를 작동하게 했던 태엽은 모두 2009년에 멈춘 것이었다.

민영이 유아차를 밀며 놀이터를 돌기 시작했다. 한산했던 놀이터는 그새 주민들이 하나둘 찾아오면서 제법 북적였다. 앙증맞은 강아지와 함께 산책을 하는 젊은 여자가 민영 곁을 지나갔고 맞은편 벤치에선 이십대로 보이는 연인이 이어폰을 귀에 나누어 낀 채 무슨 말인가를 속닥이며 번갈아 웃었다. 두 팔을 벌리고 서 있는 엄마를 겁먹은 얼굴로 내려다보는 미끄

럼틀 위의 아이도 눈에 들어왔다. 평화로웠다. 당연해 보이는, 한 번도 의심한 적 없는 평화였다. 하지만 이제 승준은 이 평화가 깨지기 쉬운 얇은 유리 막 같다는 생각을 하지 않을 수 없었고, 이내 휴대전화를 꺼내 그사이 나스차가 사는 도시에 또 공습이 있었던 것은 아닌지 이런저런 단어를 결합해 검색을 해봤다. 최근에 생긴 습관이었다. 다행히 업데이트된 내용은 없었다.

이틀 전 세번째 인터뷰에서 나스차는 임신 안정기인 십이 주 차가 지나면 피난을 가려 한다고 밝혔었다. 이 주 정도가 지나면 나스차가 언급한 십이 주 차가 될 터였다. 아직 정확한 일정은 잡히지 않았다지만, 나스차가 겨울에 국경을 넘게 되리란 건 분명했다. 블로그 안부게시판을 통해 권은은 종종 나스차에 대해 묻곤 했는데, 피난 계획에 대해서도 알려주는 게 나을지 그는 잠시 고민했다.

민영이 돌아왔다.

집으로 가자고, 지유가 감기에 걸릴까봐 걱정된다고, 허리를 숙여 가제 수건으로 지유의 콧물을 닦아주며 민영은 말했다. 승준은 휴대전화를 다시 외투 주머니에 넣고는 민영 대신 유아차의 손잡이를 잡았다.

2023년 1월 16일

아가, 나의 아가.

내 목소리가 들리니?

네가 있는 세상과 한 겹의 피부로 구분 지어진 이곳은 이 주 전 새해가 시작되었어. 해가 바뀌는 것이 너에게는 아무 의미가 없겠지만 말이야. 료샤—네 아빠의 이름이란다—는 말했지. 너는 지금 인간의 시간을 초월해 있다고, 네가 내 안에 머무는 기간은 고작 아홉 달여지만 그건 이곳에서의 셈법일 뿐, 너는 하나의 세포에서 한 명의 인간이 되는, 수십억 년에 이르는 진화의 과정을 통과하는 중이라고. 너는 아주 작은 아기로 태어나겠지만 수십억 년을 살다가 이 세상으로 나오는 것이니 살아 있는 모든 인간들의 까마득한 조상이기도 한 셈이지.

료샤에게서 그 말을 들은 날, 나는 꿈에서 너를 만났어. 너는 긴 머리칼을 흩날리며 광포한 바람이 부는 언덕을 혼자 걸어올라가더구나. 풀잎들이 쓰러지고 나뭇가지가 휘어질 듯 바람이 몰아치는데도 너는 묵묵히 언덕을 올랐어. 내면이 아주 단단한 아가씨가 태어나려나. 잠에서 깨어 료샤에게 꿈 이야기를 하자 그는 그렇게 말했어. 다행이야, 라고 대답하면서도 온 마음이 완벽하게 기쁘지는 않았어. 나는 네가 힘든 티를 낼 줄 알고 아플 때는 아프다는 걸 드러내는 어른으로 성장하길 바랐나봐. 때로는 스스로가 강하지 않다는 것을 인정하면서 받아들일 수 없는 고통에는 미련 없이 투항하기를, 덜 힘들고 덜 아픈 길을 선택해나가기를……

그래, 나는 네가 나와 닮지 않기를 소망했어.

어제는 산부인과에 갔는데, 초음파검사를 하며 화면으로 확인한 너는 팔과 다리가 분명하게 보였고 얼굴도 지난번보다 훨씬 더 구체적으로 변한 듯했어. 의사는 말했지. 너에게 지문과 발톱, 성대가 생겼다고 말이야. 너는 이제 3.9센티미터까지 자랐다고. 자두의 크기를 떠올리면 된다고도 했어. 그 순간, 나는 너에게 '자두'라는 임시 이름을 지어주기로 결심했단다. 최근에 내가 사귄 한국인 친구가 자신의 나라에서는 대부분의 아기들이 임시 이름을 갖는다고 했어. 그런 이름을 한국 말로 '태명taemyeong'이라 부른다는 것—그의 딸은 '나무'라는 태명으로 불렸다고 했지. 아내와 만나게 된 계기가 책이었다면서 말이야—도 알려주었는데, 그 이야기를 들었을 때부터 나는 너에게 태명을 지어주고 싶었던 것 같아.

검사를 마치고 나와 복도에서 잠시 쉬는데, 나와 같은 예비 엄마들이 엊그제 공습으로 파괴된 곳 근처의 또다른 산부인과 병원을 화제로 이야기를 나누고 있었어. 그래, 나도 그 소식을 들었어. 심야 공습으로 산부인과 병원이 정전되면서 인큐베이터 안의 신생아 한 명이 사망했다는 소식을…… 그 아기에 대한 작은 단서라도 듣게 될까봐 나는 황급히 자리에서 일어났어. 일주일 전 료샤가 받은 아기가 떠올랐으니까. 공습으로 죽은 아기가 내가 핏물과 점액질을 닦아준 그 아기라면, 그게 사실이라면, 나는 도저히 맨정신으로 일상을 버틸 자신이 없었어.

한밤중이었지.

초인종소리에 문을 열자 처음 보는 남자가 땀을 뻘뻘 흘리며 서 있었어. 그는 모자를 벗고는 세르게이 마치예우스키입니다, 라고 이름을 밝힌 뒤 제발 아내를 도와달라고 울먹였어. 아내가 예정일보다 두 달이나 빨리 진통을 시작했다고, 담당

의사는 군의병으로 징집됐고 조산사는 너무 먼 곳에 살아 언제 이곳에 도착할지 알 수 없으며 집 근처에 다른 의사들은 살고 있지 않은 것 같다고, 남자는 문 앞에 서서 그렇게 너무 많은 말을 한꺼번에 쏟아냈어.

이곳에 약사가 산다는 말을 듣고 한걸음에 달려올 수밖에 없었다고 말이야.

료샤는 난처해했어. 그는 약사지 의사가 아니니까. 가끔 약국으로 다친 사람이 오면 응급처치를 해준 적은 있지만 절개나 봉합 같은 기술은 어깨너머로 배운 게 전부였지. 출산중에는 응급 상황이 발생할 수 있다고, 더구나 조산일 때는 그 가능성이 높아진다고, 그럴 때 전문가가 아닌 사람이 어설프게 처치를 하면 산모와 아이 모두를 더 큰 위험에 빠뜨릴 수 있다고 료샤는 차분히 설명했지만 남자는 자리를 뜨지 않은 채 도와달라는 말만 반복했어. 하긴, 그에게 다른 선택이 뭐가 있었겠어? 료샤는 당황하면 귀부터 열이 오르는 사람이야. 나는 어둠 속에서도 타오를 듯 붉어진 그의 귀를 보았고, 그 순간 나 자신도 깜짝 놀랄 만큼 단호히 그에게 말했어. 우린 가야해, 라고.

"걱정 마, 내가 옆에서 보조할게."

그는 잠시 내 눈을 들여다보더니 이내 알겠다는 듯 고개를 끄덕여 보였어. 그리고 바로 집안으로 들어가 소독약과 라텍스 장갑, 식염수와 진통제, 거즈와 의료용 가위 같은 걸 정신없이 가방에 넣었고 그런 그를 보며 나도 그와 나의 외투를 챙겼어.

료샤의 차를 타고 십오 분 정도 달리니 골조만 남은 아파트와 지붕이 날아간 집들, 사람이 사는 곳이었다는 흔적만 남은 푹 꺼진 구덩이가 연이어진 거리가 나왔는데, 그곳 어딘가에 마치예우스키 부부가 사는 아파트가 있었어. 연한 노란색으로 페인트칠된 아파트는 그 거리의 다른 거주지 중에서는 그나마 온전해 보이긴 했지만 그곳도 입구가 무너져 있었고 창문 몇 개는 깨져 있었지. 세르게이가 집 근처에서 의사를 찾지 못한 이유를 알 것 같았어. 그곳은 러시아군의 폭격으로 사람들이 거의 다 빠져나간 거리였던 거야.

아파트에 도착하자 침대에서 몸을 뒹굴며 신음하는 여자—그녀의 이름은 폴리나라고 세르게이가 알려주었지—가 보였어. 전기가 들어오지 않는지 세르게이는 캠핑용 발전기를 이용해 알전구 몇 개를 켜놓았는데, 알전구에서 번져나오는 빛이 잔잔한 물결인 양 사방의 벽에서 일렁이고 있었어. 한 여자의 신음소리만 없었다면 꽤나 아늑한 숙소에 와 있다는 착각이 들었을 거야.

료샤는 지체 없이 손과 장갑을 소독한 뒤 여자에게 다가갔어. 세르게이에게는 따뜻한 물과 타월을 부탁했고 내게는 폴리나의 다리를 잡고 있으라고 했지. 곧 분만 유도가 시작됐어. 세르게이와 나는 료샤가 달라고 하는 것들—거즈, 소독약, 그 소독약으로 깨끗이 닦은 의료용 가위를 번갈아 갖다주었어.

새벽까지 진통이 이어졌어. 아기는, 수십억 년 동안 혼자 고독을 견뎠던 아기는 좀처럼 세상으로 나오려 하지 않았고, 우리는 모두 조금씩 지쳐갔지. 아무래도 동이 트면 여자를 큰 병원으로 옮기는 게 낫지 않을까 생각하던 바로 그때, 폴리나의 비명이 이전보다 훨씬 크고 날카로워지더니 곧 핏물과 점액질에 뒤덮인 아기의 머리가 보이기 시작했어. 료샤가 천천히 아기를 꺼냈고, 마침내 아기가 그 모습을 드러냈어.

축하를 해야 하는데, 박수를 쳐도 모자란데, 아무도 입을 열지 않았고 웃지도 않았지.

아기가 울지 않았으니까.

그때부터였을 거야, 내가 흐느끼기 시작한 건……

료샤가 급하게 탯줄을 끊고는 타월을 깐 테이블에 아기를 눕힌 뒤 심폐소생술을 시작했어. 이를 악문 채 두 엄지를 포개 그 작은 심장을 몇 번에 걸쳐 누른 뒤 입안에 숨을 불어넣었지.

"여기서 울지 마."

심폐소생술을 한차례 하고 났을 때 료샤가 흘끗 나를 보더니 무서울 만큼 차분한 목소리로 말했어.

"제발, 여기서는 울지 말아줘."

그는 애원하듯 한번 더 말했고 그제야 나는 그 방에서 나 혼자만 울고 있다는 걸 깨달았어. 방금 아기를 낳은 폴리나조차 실핏줄이 터진 눈으로 오직 아기만을 주시하고 있었을 뿐이지. 모두가 한마음으로 아기가 울기를, 살아 있다는 걸 힘차게 보여주기를, 간절히, 그야말로 순도 높은 간절함으로 기다리고 있었던 거야.

료샤가 다시 심폐소생술을 시작하고 이삼 분 정도가 흘렀을까.

아기가 울기 시작했어. 청색과 보라색을 섞은 듯한 오묘한 빛깔의 피부에도 핏기가 도는 듯했지. 그제야 료샤는 심폐소생술을 중단하고는 바닥에 주저앉았고, 나는 아기를 젖은 타월로 닦아준 뒤 담요에 싸서 폴리나의 품에 안겨주었어. 아기를 안은 폴리나는 참았던 눈물을 쏟았고 세르게이 역시 폴리나와 아기를 양팔로 안으며 함께 울었어. 정신을 차리고 다시 보니 그들은 내가 짐작했던 것보다도 더 어린 부부 같았어. 스무 살을 겨우 넘은 것 같은 아주 앳된 얼굴로 그들은 그들에게 찾아온 사내아이를 위해 기도하기 시작했어. 마침 세르게이의 친척이 조산사를 데리고 아파트를 찾아왔고, 우리는 그들 부부와 포옹과 인사를 나눈 뒤 곧 그곳에서 나왔지. 거리엔 동이 트고 있었어.

그 아기도 인큐베이터 안에 있을지 모르는데.

겨우 일주일을 살았을 뿐인데.

아닐 거야, 라고 수없이 되뇌면서도 병원에서 집으로 돌아가는 길엔 허방에 발을 딛기라도 한 듯 자꾸만 몸이 휘청댔어. 아기를 닦아줄 때 손끝으로 전해지던 온기와 주름의 감촉과 꼬물거리던 움직임을 잊을 수가 없었어.

아가, 나의 자두.

내 목소리가 정말 들리니?

오늘은 이층에 사는 옥사나 할머니를 불러 함께 저녁을 먹을 거야. 옥사나에게 이제는 말할 때가 되었으니까. 한 달 후, 나는 내 안의 너를 데리고 영국으로 가기로 했다는 걸.

그래, 우리는 이곳을 떠날 거야.

미안해. 자꾸 너를 불안하게 해서.

정말 미안해. 이런 세상에 너를 초대해서.

쉽게 내린 결정은 아니야. 여정은 고될 것이고 낯선 나라의 낯선 병원에서 너와 만날 때 나는 두려움을 느낄 게 분명해. 무엇보다 료샤가 우리와 함께 떠날 수 없다는 사실이 나를 가장 주저하게 했어. 나라에서 징집 대상인 성인 남자들의 출국을 금지했으니까. 물론 의사나 병무청 직원을 매수해 징병검사에서 불합격 판정을 받는다면 출국이 가능하겠지만 곧 한아이의 부모가 될 료샤와 나는 그런 편법에 기대지 않기로 했어. 더욱이 주기적으로 자신에게서 약을 받아가는 사람들을 두고 이곳을 떠나는 것이 료샤에게는 쉬운 일이 아니었지. 그래, 알아, 감수할 것이 너무 많다는 걸. 하지만 네가 언제라도 죽을 수도 있다는 공포가 편재한 이곳에서 너를 낳을 수는 없었어. 그건 타협이 불가능한 마음이었어. 다행히 너의 이모인 리디아가 우리를 돕기로 했어. 리디아는 철강 회사에서 무역을 담당했기 때문에 나보다 훨씬 더 영어를 잘하는데다 이미 여러 번 영국으로 출장을 다녀온 경험도 있어. 우리는 네가 혼자 힘으로 걸을 수 있을 때까지, 그러니까 공습 사이렌이 울린 순간 너 스스로 몸을 숨길 수 있을 때까지만 전쟁이 없는 나라에서 지내다가 다시 우크라이나로 올 거야. 물론 우크라이나에 평화가 찾아온다면 더 이르게 돌아올 수도 있어. 너와 내게는 료샤가 있고, 리디아에게도 결혼을 약속한 사람과 혼자 살던 집에 두고 온 웨딩드레스─리디아는 갑작스러운 공습에 몸만 겨우 빠져나오느라 드레스를 챙기지 못했고, 그뒤 러시아군이 마리우폴을 점령하면서 다시 그곳에 가지 못했어. 아무도 없는 집에 걸려 있는 웨딩드레스, 나는 가끔 그 웨딩드레스를 생각해—가 있으니까. 부모님과 친척들도 우리를 기다릴 테니까.

옥사나가 왔어.

나는 빵과 감자퓌레, 그리고 어젯밤에 미리 만들어놓은 보르시치를 식탁에 하나씩 올렸고 옥사나는 치아가 여러 개 빠진 입안을 다 보이며 환하게 웃었어. 평소에는 입을 꼭 가리고 웃던 옥사나였는데 말이야.

옥사나는 혼자야. 남편은 십오 년 전에 죽었고 아이는 낳지 않았지. 그녀의 남은 가족인 아버지와 오빠도 이제는 다 죽었을 거야. 그들이 살아 있다 해도 옥사나는 그들과 다시 만나고 싶지 않다고 했어. 그들을 보면 너무도 황폐했던 그 시절이 떠오를 테니까, 라고 설명하면서. 내가 이 아파트로 이사온 삼 년 전부터 옥사나는 나를 딸처럼 대해주었지. 나는 너의 대모로 옥사나 외에는 생각해본 적이 없어.

옥사나의 고향은 상트페테르부르크야. 오래전엔 레닌그라드로 불렸던 도시지. 그녀는 1934년생이니, 처절한 사투가 길게 이어졌던 전쟁의 한가운데서 태어난 셈이야. 옥사나는 말한 적이 있어. 그 도시가 독일군에 포위되었던 삼 년 가까운 시간 동안 굶주림의 감각을 느끼지 않은 날이 없었다고. 거리엔 아사한 사람들의 시체가 쓰레기처럼 흔했고 집집마다 가족을 잃은 사람들이 슬픔을 느끼거나 애도할 기운도 없이 퀭하게 눈만 뜨고 있었다고도 했어. 옥사나도 가족의 반을 잃었지. 도시가 해방되었을 때, 어머니와 작은언니, 남동생은 이미 죽었고 아버지와 오빠, 입대로 그 도시를 잠시 떠나 있었던 큰언니와 그녀만이 살아남았다고 했어. 조금이라도 선한 사람은 죽었고 악착같이 살려고 했던 사람은 살았지, 라고 말할 때 그녀는 참 슬퍼 보였어. 전쟁으로 상처가 많은 그녀가 노년에 이르러 다시 전쟁 속에 내던져졌다고 생각하면 내가 미안할 지경이야. 그녀가 러시아 태생인 건 중요하지 않아.

식사가 끝날 즈음, 나는 옥사나에게 내 피난 계획을 조심스럽게 밝혔어.

옥사나는 충격을 받은 듯 잠시 아무 말도 하지 않았어.

짧은 침묵이 흐른 뒤에야 그녀는 내가 가려는 영국에 아는 사람이 있느냐고 물었지.

"실은, 기적이 있었어요."

나는 대답했어.

그래, 기적이 맞아. 한 번도 본 적 없는 사람들이 우리를 돕기로 했으니까.

우리는 일단 우크라이나와 국경을 맞댄 폴란드의 프셰미실이라는 도시로 갈 거고, 그곳에서 다시 영국으로 이동할 거야. 나와 리디아, 그리고 여름의 한가운데서 태어날 너를 받아주기로 한 사람은 놀랍게도 난민 출신이야. 집은 작지만 여분의 방이 하나 있다고, 그 방에서 네가 걸어다닐 수 있을 때까지 머물러도 된다고 그녀는 말했어. 이메일로 집 사진도 보내주었지. 천장에 창문이 나 있는 아주 아늑한 집이었어.

한참을 침묵하던 옥사나가 울먹이면서 말했어. 내가 너를 데리고 귀국할 때까지 이곳에서 죽지 않고 기다릴 거라고……

"내 걱정은 마. 기다리는 사람이 있으면 더 쉽게 견딜 수 있는 법이니까. 대신, 꼭 살아서 돌아와."

"옥사나도 살아줘요, 반드시……"

우리는 그런 대화를 나누며 오래오래 손을 맞잡았단다.

아가, 우리의 아가, 고마워.

네가 우리에게 찾아왔다는 걸 알았을 때, 사실 나는 비통했어. 어느 날은 료샤의 가슴을 치며 전쟁이 끝날 때까지 우리는 아기를 가지면 안 됐다고, 이건 우리가 아기에게 할 수 있는 최악의 잘못이라고 울면서 소리지르기도 했지.

하지만 이제 나는 너 없이는 살 수 없게 되었어.

내가 살아야 너도 산다는 것을 알게 되었어.

비밀을 말해줄게……

료샤 몰래 그의 약상자에서 한 알씩 꺼내 모아놓은 수면제는 이미 다 버렸다는 것을.

3부

2023년 1월 25일

인터뷰집은 작은 방에 들여놓은 책장 가장 위 칸에 있었다.

뒤꿈치를 올려 인터뷰집을 꺼낸 순간, 성긴 솜뭉치 같은 먼지가 민영의 얼굴로 떨어졌다. 그러고 보니 결혼한 이후 이 책을 따로 펼쳐본 적이 없었다. 민영은 거실에서 모빌을 올려다보며 옹알이를 하는 지유 곁에 앉아 인터뷰집에 쌓인 먼지를 물티슈로 꼼꼼하게 닦았다.

〈사람, 사람들〉을 보기 전에 권은의 꼭지를 오랜만에 다시 읽어볼 생각이었다.

승준이 아는 기자에게서 그 다큐멘터리의 파일을 갖고 있다는 영화비평가를 소개받은 뒤로 승준과 민영은 비평가의 이메일을 기다리는 중이었다.

책을 준비할 때나 출간을 축하하는 자리에서 승준이 권은 이야기를 따로 한 적은 없었다고 민영은 기억했다. 승준이 권은과의 인연을 처음 밝힌 건 권은이 부상당한 몸으로 급하게 국내로 이송되었다는 소식이 전해진 다음이었다. 전에 없이 몇 번이나 약속을 어긴 뒤에야 민영의 회사 근처로 온 승준은 말했다. 인터뷰를 하고 한 계절 정도가 지났을 무렵 권은이 동창이라는 사실이 기억났다고, 며칠 전에는 그녀가 입원한 병실에 다녀왔다고도. 그때 그가 카메라 이야기도 했던가. 자신이 준 카메라로 권은이 사진에 매혹되었고 결국 사진가가 되었다는 그 중요한 이야기를…… 기억나지 않았다. 아예 들은 적이 없는 건지, 아니면 들었는데 잊은 것인지 그조차 확실하지 않았다. 대신 그날 민영의 마음이 승준의 이야기를 진지하게 들어줄 수 없는 차가운 상태였다는 것만 분명하게 떠올랐다. 민영으로선 모르는 사람이나 다름없는 인터뷰이 한 명 때문에 승준이 둘의 약속을 소홀히 여기고 어기기도 했다는 점이 마음을 얼어붙게 했을 것이다.

승준은 모르겠지만, 민영은 승준과 만나면서 예전보다 더 외로워질 때가 있었다. 절박해서였을 것이다. 절박했으므로, 승준의 진심을 믿으면서도 그가 변할까봐 두려웠다. 승준을 알기 전까지는 누구를 만나든 아버지와 닮은 구석을 발견하고는 실망하고 단념하는 과정을 따르곤 했는데, 그 끝은 당연히 쉽고 쓸쓸한 이별이었다. 승준은 달랐다. 만날수록 아버지와의 차이를 발견하게 됐고 그때마다 민영은 아무도 몰래 안심하고 또 안심했다. 가령 민영이 남긴 음식을 아무렇지도 않게 가져다 먹을 때, 길에서 어린 학생이나 할머니가 나눠주는 전단지를 두 손으로 받을 때, 그럴 때…… 민영에게 잠드는 순간과 눈뜨는 순간을 함께하고 싶다는 욕망을 품게 한 사람은 승준이 처음이었다. 아니, 오직 승준뿐이었다. 승준과는 침실뿐만 아니라 음식냄새가 나는 주방과 오물 때가 묻을 수밖에 없는 화장실, 일요일 오전마다 나른한 상태에서 서로에게 기댈 수 있는 소파를 공유하며 날마다 변형되는 사랑의 형태를 감각하고 싶었다. 평범하고 무탈한 하루하루로 삶에 주어진 불안을 차감해가며 안전하게 늙고 싶기도 했다.

결혼과 출산은 모두 민영이 먼저 제안했다. 프러포즈를 하는 동안엔 덤덤했지만 아이를 낳고 싶다는 말을 할 때는 뜻밖에도 온몸이 떨렸다. 승준은 민영의 청혼엔 선수를 뺏겼다며 억울해하는 것으로 결혼에 대한 의지를 표현했지만 아이를 낳자는 말에는 난처한 표정을 숨기지 못했다. 그때 민영은 자신이 꿈꾸는 가정엔 아이가 포함되어 있다고 단호히 말했다. 진심이었다. 승준과 함께 아이를 키우며 서로에게 피난처가 될 수 있는 가정을 꾸리는 것. 그래서 언젠가 몸이 불편해지거나 병이 들면 승준과 아이에게서 충분한 위로와 보호를 받는 것, 민영이 원하는 건 그게 다였다.

다였지만, 누구나 그렇게 살 수 없다는 것도 잘 알고 있었다. 누구보다 정확하게, 민영은 그것을 알았다.

메시지가 왔는지 휴대전화가 짧게 진동했다.

아버지에게서 온 메시지일 터였다. 한 달 전, 말 한마디 없이 무작정 이곳을 찾아온 뒤로 아버지는 주로 정오 전에 메시지를 보내오고 있었다. 뻔뻔하다. 아버지에게서 메시지가 올 때마다 민영의 머릿속을 채우는 건 그 단어뿐이었다. 이제 와서 딸의 가정에 편입되어 노년을 의지하려는 그 속셈이 정말이지 뻔뻔하다고…… 이전 메시지엔 지유 사진이나 영상을 보내달라는 부탁이라든지 집 근처에 초밥집이 새로 개업했으니 한번 같이 가보자는 제안이 담겨 있었다. 지유에게는 터무니없이 큰 사이즈의 내복과 갓난아기가 도무지 입을 수 없을 것 같은 화려한 원피스를 카카오톡의 선물 기능을 통해 보내온 적도 있었다. 민영은 아버지의 메시지에 대개 답장하지 않았고 선물은 지유에게 맞지 않다거나 어울리지 않는다는 이유를 대며 거절해왔다. 그런데도, 그렇게까지 했는데도, 연락을 포기하지 않는 아버지가 민영은 낯설었다.

중학교 입학을 앞두고 용기를 내어 그림을 그리고 싶다고 밝힌 딸에게 실력도 안 되면서 턱도 없는 꿈을 꾼다며 비웃었던 사람, 점수가 떨어진 성적표를 받아온 날이면 대학 갈 생각은 하지 말고 술집 자리나 알아보라는 막말을 내뱉던 사람, 그런 말에 열등감과 수치심을 습득하고 체화하는 딸의 내면엔 아무런 관심이 없던 사람, 민영의 기억 속 아버지는 그런 사람이었다. 민영이 엄마와 함께 말하고 웃고 떠드는 걸 유심히 지켜보다가 자신을 무시하거나 폄하하는 의도는 없었는지 집요히 따진 날도 많았는데, 주로 아버지와 비슷한 시기에 학위를 받은 대학원 동기들이 교수로 임용됐다든지 번역한 책이 화제가 됐다는 소식이 들려올 때 그랬다. 아버지는 그들이 권위 있는 자에게 비굴하게 굴어서, 혹은 지저분한 로비를 해왔기 때문에, 아니면 자신과 달리 온갖 기득권을 갖춘 집안에서 태어났으므로 성공할 수 있었다고 믿었다.

아버지에게 자신과 동등한 인격과 존엄을 갖춘 타인이 있긴 했을까. 누군가의 아픔을 절대적으로 바라본 적이 있었을까. 아니, 그럴 리 없다고 민영은 확신했다. 아버지에게 세상 사람들—심지어 가족마저—은 거기에 있을 만해서 있는 존재였을 뿐이리라. 컵의 손잡이처럼, 밤의 도로를 밝히는 조명처럼,

아니면 그가 애용하던 등산용 스틱이나 아이젠처럼 그 자신이 필요할 때마다 눈에 들어오고 손에 잡히는 존재들…… 당연히 아버지 곁에는 친구가 한 명도 없었다. 친구가 있을 리 없었다.

하지만 엄마가 투병하던 기간 동안 그의 인색함을 목격하지 않아도 되었더라면 아버지의 메시지가 오물이라도 되는 양 불쾌해하며 회피하는 이런 극단적인 상황은 벌어지지 않았을지 모르겠다. 그는 여덟 시간에 걸친 수술을 받은 뒤 마취에서 깨지 않아 몽롱해하는 엄마 곁에 앉아 중요한 연구 과제를 맡았다며 틈틈이 책을 읽는가 하면, 걷지 못해 침대에 실수를 한 엄마를 남겨둔 채 외출을 해버리고는 중학생이던 민영에게 전화해 뒤처리를 지시하기도 했다. 진통제 가격을 꼼꼼히 비교한 뒤 언제나 가장 싼 것으로 결정했고 외할머니나 이모들이 문병을 오면 불편해하는 기색을 숨기지 않았다. 그랬던 그가 엄마의 빈소에서는 비극적인 사람의 자세로 조문객을 맞았고 눈물까지 보였다. 뭣도 아닌 주제에. 민영은 몇 걸음 떨어진 곳에서 그런 아버지를 뚫어지게 바라보다 어른의 말투로 중얼거렸고, 그 순간 심장이 증오심으로 미친듯이 검게 번져가는 걸 느꼈다. 안에서부터 식은, 가차없이 찬 감정이었다.

되돌릴 수 없는 그 증오심을, 이제 와서 그는 메시지나 선물

따위로 환산하여 갚을 수 있다고 믿는 것일까. 그러나 감정은 장부에 남은 체납금 같은 게 아니었다. 그것은 차감되거나 상환될 수 없었다. 무엇보다 민영은 아버지를 승준과 지유가 있는 자신의 일상 안으로 끌어들일 생각이 전혀 없었다.

민영은 끝까지 아버지의 메시지를 확인하지 않은 채 인터뷰집을 펼쳤다. 권은 꼭지는 거의 마지막에 실려 있었는데, 승준의 인터뷰 시리즈가 끝나갈 무렵에야 권은이 인터뷰이로 섭외됐기 때문일 터였다.

기사가 실릴 때마다 챙겨 봤고 출간 제안서를 작성하면서는 모든 인터뷰를 다시 한번 정독했으며 세 번에 걸쳐 교정과 교열을 보는 동안엔 문장을 외울 수 있을 만큼 수없이 들여다봤는데도, 권은의 인터뷰는 새삼 신선했다. 뭐랄까, 희귀해서 신선하다고 해야 할까. 사람을 살리는 사진을 찍고 싶다는 신념은 자칫 비웃음을 살 수도 있을 만큼 희귀하지 않던가. 종로에 있는 인쇄소에 들렀다가 혼자 늦은 점심을 먹으러 들어간 칼국숫집에서 권은의 속보를 본 날이 불쑥 떠오른 건 인터뷰를 거의 다 읽어갈 때였다. 오랫동안 민영은 그날을 잊고 있었다. 시리아로 촬영을 떠났던 한국인 사진가가 부상을 당했다고, 국내 여객기는 시리아에 들어갈 수 없어 해외 항공사와 공조하여 그 사진가를 이송해올 계획이라고, 그날 텔레비전에서 타전되는 속보 내용은 그랬다. 짧은 속보였다. 처음엔 속보에서 언급된 권은과 책 속의 권은이 같은 사람이라는 걸 민영은 의식하지 못했다.

"저리 위험한 데를 굳이 가서 세금 쓰게 하네."

옆에서 빈 테이블을 행주로 닦던 초로의 남자가 혼잣말을 했다.

"돈 되는 사진 좀 찍어오겠다고 가지 말라는 나라 굳이 찾아간 사람을 뭐하러 비행기로 모셔오는지 원. 저런 사람은 치료가 아니라 처벌을 받아야지. 안 그래요?"

남자가 돌연 민영을 쳐다보며 동의를 구하듯 물었고, 민영은 아무 대꾸 없이 젓가락질만 계속했다. 권은, 하고 낮은 목소리로 중얼거린 건 속보가 끝나고 몇 편의 광고가 지나간 뒤였다. 권은의 목소리가 담긴 문장들을 손가락으로 짚어가며 읽은 민영으로선 식당 남자의 평가가 새삼 억울했다. 억울했지만, 그에게 함부로 말하지 말라며 따질 자신은 없었다. 칼국수는 다 먹지 못했다. 식당에서 나온 뒤엔 젖은 낙엽들을 밟으며 한참을 걸었는데, 그렇게라도 해야 이름만 겨우 아는 사람을 대변하는 듯한, 조금은 거추장스러웠던 그 억울함을 길바닥에 버릴 수 있을 것 같아서였다.

민영은 이내 인터뷰집을 덮고는 꼭 감긴 지유의 눈과 길고 짙은 속눈썹을 하염없이 내려다봤다. 승준과 권은, 두 사람이 맺은 특별한 관계를 승준도 모르게 고요히, 그야말로 소리 없는 감정으로 신경써왔다는 사실을 떨쳐내듯이. 그건, 권은이라는 용감하고 아름다운 사진가에게 품은 깨끗한 마음과는 무관한 것이었다. 어린 시절의 그들은 친밀하지 않았다고 들었는데, 심지어 승준은 오랫동안 권은을 잊고 살았는데, 어째서 그들이 세상 누구보다 애틋한 관계처럼 느껴지는지 민영은 알 수 없었다. 인터뷰 당시 스스럼없이 승준에게 알은체하지 못한 권은의 태도나 승준이 권은의 부상에 과도한 죄책감을 갖는 모습이 민영에게는 모두 이상하긴 했다. 그들은 뭐랄까, 사랑을 생략한 채 이별을 겪은 연인 같았다. 민영이 아는 한, 그런 관계는 그들뿐이었다.

민영은 휴대전화를 가져와 권은에 대해 검색하기 시작했다. 그녀가 피사체인 사진, 가령 카메라 뷰파인더에 한쪽 눈을 대고 빛의 양을 조절하는 모습이라든지 신중하게 셔터를 누르는 순간의 모습이 궁금해서였다. 민영이 찾는 사진은 좀처럼 눈에 들어오지 않았다. 검색된 이미지는 권은이 분쟁 지역에서 찍은 사진들이 대부분이었고, 그 외엔 승준이 인터뷰 때 찍은 권은의 얼굴이 간간이 발견되는 정도였다. 검색 결과 페이지가 몇 번이나 넘어간 다음에야 카메라를 든 채 어딘가를 바라보는 권은의 옆얼굴을 찾을 수 있었다. 장소는 분쟁 지역의 임시 병원인 듯했다. 민영은 휴대전화를 무릎 위에 올려놓고는 오래오래 그 사진을 들여다봤다. 혹여 권은을 만나게 된다면 그토록 사진을 사랑할 수 있었던 힘이 어디에서 연원했는지 듣고 싶다고 생각하면서.

내게도 그런 사랑에 대해 들을 자격이 있다면……

고통받는 사람들을 사진에 담기 위해 위험을 감수하는 사랑에 공감해본 적 없는 나 같은 사람도.

그런 생각 끝에서 민영은 쓸쓸해지고 말았다. 아마도 권은이라는 세계, 아직 꿈꾸는 미래가 있고 계산하지 않는 순수가 있는 그런 세계에서 자신은 이미 오래전에 떠나왔다는 것을 자각한 순간, 그 쓸쓸함은 생성됐을 것이다.

마침 휴대전화 화면에 승준에게서 이메일이 도착했다는 알림 메시지가 떴다. 민영은 태블릿 피시를 가져와 바로 이메일을 열었고 승준이 보내준 〈사람, 사람들〉을 다운로드했다. 다운로드가 조금씩 진행되는 동안 뜻밖에도 가슴이 뛰었는데, 아마도 다큐멘터리를 다 보고 나면 사람을 살리고 싶은 마음이 무엇인지 이해할 수 있을지도 모른다는 생각이 들어서였을 것이다. 무엇보다 민영은 알마 마이어의 이야기가 궁금했다. 승준은 말했다. 알마 마이어를 살게 했던 장의 악보가 권은에게는 카메라였을 거라고, 권은은 알마에게서 자기 삶의 의미를 발견했을 거라고, 권은은 이미 죽은 알마에게 한동안 편지를 쓰기도 했다고, 부칠 수도 없고 수취될 리도 없는 편지를……

다운로드가 끝났다.

민영은 태블릿 피시에 연결된 이어폰을 귀에 꽂은 뒤 조심스럽게 재생 버튼을 눌렀다.

2009년 8월 17일

사진에 메모를 해놔야지, 그러니까······

내 몸을 수습할 누군가가 볼 수 있도록.

생각하자, 저절로 눈이 떠졌다. 시간은 새벽 네시 십오분이었다.

그녀는 곧 침대에서 몸을 일으킨 뒤 일층으로 내려갔고 창가 책상 서랍에서 바로 종이 상자를 꺼냈다. 뉴욕의 여러 박물관과 미술관에서 받은 티켓들, 수표책과 혈관 검사 진료증, 은행 명세서와 식료품점 영수증을 모아놓은 곳 옆에 상자가 있었다. 상자 뚜껑을 열고 암막 커튼을 젖히자 지난 몇 달 동안 정리해놓은 사진들 위로 정원의 벚나무 가지를 통과한 달빛이 내리비쳤다. 아들의 중요한 기념일—태어나 처음 맞은 생일, 여러 학교의 입학식과 졸업식, 학위 수여식, 결혼식과 두 손녀가 태어난 날, 정년 퇴임식 같은 기념일이었다—에 찍은 사진들을 거실의 여러 액자에서 빼내 따로 모아놓은 건데, 사진에 관심이 없는 아들의 성향 탓에 몇 장 되지 않았다. 상자 안엔 작은 사이즈의 흑백사진도 석 장 있었다. 마모를 막기 위해 오래전부터 마분지로 싸놓은 사진들이었다.

자신을 꿰뚫고 지나갔던 수많은 말들이 떠올랐다.

애통하다고.

애통하지만, 그는 이 세상에 아직 희망이 남아 있다는 걸 증명해 보였다고, 우리는 그를 오래 기념할 거라고도……

당신은 아들을 훌륭하게 키웠군요, 라고 말하는 사람도 있었고 그 죽음의 가치에 대해 멋대로 평가하는 사람도 있었다.

모두, 아들의 장례식장에서였다.

그녀는 그 모든 말에 아무런 대답을 하지 않았고, 대신 질린 얼굴로 그 말을 한 사람을 응시했다. 상대가 흠칫할 때까지 집요하게.

게리 앤더슨은 달랐다. 게리가 보내온 편지와 CD에 담긴 영상—CD를 컴퓨터에 넣어 영상을 볼 수 있게 해준 건 그녀처럼 뉴저지에 살고 있는, 미술사학을 전공하는 대학원생인 막내 손녀였다—은 아들에 대한 평가 없이 그저 그녀가 몰랐던 아들의 시간을 보여주었을 뿐이었다. 그녀는 며칠에 걸쳐 고민하다 게리에게 연락했고 그가 부탁한 인터뷰에도 응했다. 아들의 장례식 이후 감행한 유일한 외출이었다.

인터뷰가 끝난 뒤 게리는 그녀와의 인터뷰를 다큐멘터리 영상에 포함해 함께 편집할 거라고, 영상이 완성되면 가장 먼저 보여주겠다고 말했다. 고맙다고, 기다리겠다고 그녀는 대답했지만 알 수 있었다. 자신에게 완성된 영상을 볼 기회는 오지 않으리란 것을.

그녀는 안경을 찾아 쓴 뒤 마분지로 감싸놓았던 흑백사진들을 책상 위에 한 장 한 장 펼쳐놓았다. 가족이나 오케스트라 단원들과 함께, 그리고 장과 단둘이 찍은 사진들이었다.

그들은 모두, 죽었을 것이다.

부모님과 남동생은 감옥이나 수용소, 아니면 게토나 길 위에서 고통스럽게 죽어갔으리라. 대학에서 반反나치 활동을 했던 동생은 독일이 벨기에를 침공한 직후 독일군에게 끌려갔는데, 그가 살아 돌아오지 못하리란 걸 부모님과 그녀는 짓이겨지는 마음으로 예감할 수밖에 없었다. 유대인의 정치범 가족 역시 안전하지 않은 건 마찬가지였다. 세 사람이 함께 숨을 곳을 찾지 못했으므로 부모님과 그녀는 서로의 안전을 기도하며 헤어져야 했는데, 그녀가 장의 사촌형이 운영하던 식료품점 지하 창고에서 은둔할 무렵부터는 부모님과 연락이 되지 않았다. 장이 사람들 눈을 피해 어느 이른새벽에 부모님이 몸을 의탁한 친척집에 가봤을 때, 그곳은 이미 불탄 폐가가 되어 있었다고 그녀는 들었다. 오케스트라 단원들이 살아 있을 확률도 낮았다. 단원 중에서 가장 나이가 어렸던 그녀도 어느새 구십세가 넘은 것이다. 사진을 찍을 때는 우리가 다시는 만나지 못하리란 것을 가정해보지 않았는데, 우리가 서로의 죽음도 알지 못한 채 이렇게나 긴 세월을 건너오리란 것을 단 한 번도……

돌이켜보면 기적과도 같은 행운이 그녀를 이곳까지 데려왔다. 식료품점을 오가던 손님 중 한 명이 그녀를 독일 경찰에 신고하면서 그곳을 떠나게 된 때가 1942년 늦봄이었는데, 그때도 장이 그녀를 도왔다. 장이 주변 사람들에게 빌린 돈으로 그녀의 위조 신분증을 만들어 프랑스를 거쳐 포르투갈의 리스본까지 그녀와 동행했던 것이다. 그 자신뿐 아니라 사촌형 역시 수감되거나 목숨마저 담보하지 못하는 위험을 감수한 채. 그녀는 집을 떠나오면서 바이올린과 작은 짐 가방 하나만 챙겨왔으므로 이동 경비는 모두 장이 감당했다. 기차를 타고 숙박을 하는 데 필요한 비용만이 아니었다. 프랑스에서 브로커를 통해 출국 비자를 발급받을 때나 리스본에 도착해 미국행

증기선 표를 구입할 때도 장은 제법 큰돈을 써야 했다. 그녀는 그 돈을 갚을 기회가 영원히 오지 않으리란 걸 알지 못한 채 속수무책으로 그의 도움을 받을 수밖에 없었고, 남은 돈이라며 그가 여비를 건넸을 때에도 차마 거절하지 못했다.

이 주에 가까운 항해를 마친 뒤 미국의 관문인 엘리스섬에 도착한 건 지금처럼 한여름의 어느 날이었다. 한 사람의 헌신으로 미국까지 왔다는 것이 무색할 정도로 그녀는 다시 벨기에로 돌아가고 싶을 만큼 두렵고 막막했다. 증기선 삼등칸에서 심한 뱃멀미를 한 뒤 새 생명을 인지한 이후로는 더더욱…… 증기선에서 만난 사라라는 이름의 프랑스계 유대인에게 그녀는 한줌의 희박한 희망을 걸 수밖에 없었는데, 사라에게 이미 미국에 정착한 먼 친척이 있다는 말을 들어서였다.

섬에서 입국 심사를 마친 뒤 그녀는 무작정 사라를 따라 뉴욕의 어퍼 이스트 사이드로 갔다. 당시 뉴욕은 어디에 가나 영어뿐 아니라 독일어와 프랑스어, 슬라브어와 이디시어가 들려오던, 떠나온 곳과는 비교도 할 수 없을 만큼 쾌활한 도시였다. 그녀는 짐을 풀자마자 전당포에 가서 몸의 한 기관과도 같았던 수제 바이올린을 맡겼다. 받은 돈의 절반으로 사라의 친척에게 사례를 했고 남은 절반과 장에게서 받은 돈을 합쳐 아들을 낳을 때까지 필요한 곳에 썼다. 아들이 태어난 뒤 사라의 친척집에서 나올 때 바이올린을 되찾아오긴 했지만, 그녀는 더이상 연주하지 않았다. 독일어와 프랑스어 가정교사로 일하며 아들과 함께 하루하루를 살아내는 것이 연주보다 중요하고 절실했다.

그사이 장에게서는 한 번도 답장이 오지 않았다. 사라의 친척집에서 지낼 때나 자신만의 집주소가 생긴 이후에도 수시로 장에게 편지를 보냈지만 우편함은 번번이 비어 있었다. 그녀의 편지가 그에게 닿은 적이 없다는 것과 그가 이미 다른 여자와 결혼해서 가정을 이루었다는 소식은 전쟁이 끝나고 삼 년이 지난 뒤에야 접하게 됐다. 전쟁 후 식료품점에 생긴 전화번호를 가까스로 알아내어 국제전화를 걸었을 때, 장의 사촌형이 알려준 소식이었다. 그녀가 알게 된 건 더 있었다. 장이 그녀를 미국으로 보내기 위해 빌린 돈을 갚느라 전쟁이 끝날 때까지 공장에서 일했다는 것, 그래서 브뤼셀 필하모닉을 그만둘 수밖에 없었다는 것, 그녀에게서 소식이 없어 한동안 괴로워했지만 새로운 사람을 만났으리라 믿으며 애써 안도했다는 것, 그런 것들을…… 그 짧은 대화에서 그녀는, 더이상 장을 곤경에 빠뜨리지 말아달라는 사촌형의 당부를 충분히 알아들을 수 있었다. 그날 이후 그녀는 장에게 편지하지 않았고 아들의 존재를 알리려는 시도도 하지 않았다. 그는 할 만큼 했다.

더이상의 무언가를 할 수 없을 만큼 충분히.

게리의 영상 속에서 아들은 말했다.

"나는 정보만 전달받았을 뿐, 한 번도 그에게 따로 연락하지 않았어요. 어머니가 원하지 않았죠. 어머니는 그것이 그에 대한 예의라고 믿었거든요. 솔직히 어머니의 생각에 완전히 동의하지는 않았지만 존중할 수밖에 없었어요. 나는 어머니를 세상 누구보다 존중하니까요."

아들이 말한 정보는 장과 관련된 것이었다. 아들은 무려 이십 년 가까이 타인의 개인정보를 비밀리에 수집해주는 비인가 사무소의 고객이었는데, 두세 달에 한 번 정도 퀸스에 위치한 그곳에 들러 장의 근황과 호르니스트나 작곡가로서의 활동에 대해 전달받았다.

그 사무소에서 아들이 받은 마지막 정보는 장의 장례식장을 찍은 사진과 묘지 주소가 적힌 상조 회사의 책자였다. 장 베른, 평생 작곡가를 꿈꾸었으나 단 한 곡도 발표하지 못한 사람, 전쟁 이후 다시는 오케스트라에 복귀하지 못했고 그 어디에서도 독주 초청을 받아본 적이 없는 무명의 호르니스트, 그렇게 요약되는 한 사람의 종착역에 대한 쓸쓸한 정보들을…… 그날 아들은 한 여자를 살린 장 베른의 방식으로 그를 기념하겠다는 다짐을 했고, 십여 년 뒤에 그 다짐을 지켜냈다.

아들의 뒷모습이 저기 보이는 듯했다.

장례식장 사진과 상조 회사 책자를 들고 주차해놓은 자동차를 지나쳐 계속해서 걸어가는 모습이었다. 아들은 걷고 또 걸었지만 그 뒷모습은 시야에서 사라지지 않았다. 멀지 않았구나, 라고 그녀는 생각했다. 아들을 만날 시간이. 그 어느 때보다 분명하게, 그녀는 다가오는 그 시간을 느낄 수 있었다.

그녀는 곧 책상에 앉았고, 아들의 정년 퇴임식 사진을 집어 그 뒷장에 상자 속 사진들을 태우지 말고 관에 넣어달라는 짧은 메모를 적었다. 책상 위 흑백사진에 다시 시선이 갔다. 돌연 마음이 아파온 건 그들을 만나지 못한 세월이 한 사람이 태어나 자라서 노인이 되는 세월만큼 길다는 것을 깨달은 순간부터였을 것이다.

그건, 노먼이 지상에서 살았던 시간의 총합과 거의 일치하는 분량의 세월이었다.

히스로공항에서 출발한 비행기는 악천후로 인해 예정된 시간보다 세 시간이나 늦게 아테네공항에 도착했다. 삼십 년 넘게 분쟁 지역을 다녀온 그에게 비행기 연착은 사실 아무것도 아닌 변수이긴 했다. 하룻밤 사이 목적지 공항이 내전으로 폐쇄되면서 엉뚱한 도시에서 대기하다 가까스로 유엔기를 얻어 탄 날도 있었고, 취재 허가증이 예정된 기한 내에 나오지 않아 국경 근처의 열악한 숙소에서 더위나 추위에 밤새 시달리기도 했었다. 단순히 여정이 지연되고 몸이 고생하는 수준이 아니라 죽을 고비를 넘긴 적도 여러 번이었다. 육로로 이라크에 입국할 때는 도로에 매립된 폭탄—미군을 노린 이라크 저항군의 소행이었을 터였다―이 터졌는데, 그날은 운전수가 극적으로 핸들을 꺾어 트럭 안의 사람들 모두 가벼운 부상을 당하는 것에 그칠 수 있었지만 며칠 뒤 같은 길에서 같은 운전수가 몰던 픽업트럭은 폭발했다. 운전수를 포함해 기자들까지 세 명이 그 자리에서 즉사한 큰 사고였다. 가자지구에서 예루살렘으로 넘어갈 때는 분리 장벽 검문소에서 불순 세력으로 분류되어 이스라엘 군인의 총구에 관자놀이가 짓눌린 채 한나절 넘게 뙤약볕 아래 서 있어야 했고, 리비아에서는 비교적 안전이 보장된 프레스센터에 미사일이 떨어지는 통에 자다가 벌떡 일어나 카메라들만 겨우 챙긴 채 맨발로 건물에서 뛰쳐나가기도 했다.

어쩌면 이번 여정의 진짜 변수는 호텔인지도 모르겠다고, 공항에서 급하게 예약한 호텔에 들어서며 그는 고쳐 생각했다. 가격에 비해 객실 상태가 지나치게 훌륭했던 것이다. 샤워실은 깨끗했고 개인 발코니가 갖춰져 있었으며, 발코니 너머 아테네의 야경은 꽤나 근사했다. 짐을 내려놓자마자 서둘러 샤워를 마치고 나온 그는 발코니부터 구경했다.

마지막일 것이다.

그의 몸은 온갖 신호로 이번 촬영이 그의 삶에서 마지막이란 걸 알려주고 있었다. 촬영지를 전선이 형성된 국가나 도시가 아니라 난민 캠프로 정한 것도 아픈 몸 때문이었다. 통제할 수 없을 만큼 몸이 안 좋아졌을 때, 의식조차 희미해진 순간, 부상자가 누워 있어야 하는 침대 하나를 차지한 채 진료나 치료를 받는 상황은 결단코 허락하고 싶지 않았다.

그는 백팩에서 독일제 필름 카메라인 라이카를 꺼냈고, 셔터 스피드와 조리개를 조절하여 아테네의 야경을 한 장 찍었다. 찰칵, 하는 소리와 함께 카메라는 그가 바라보는 풍경을 영원 속에 밀봉해주었다. 그가 사랑했던, 납작한 사각형의 영원 속에…… 그와 나이가 엇비슷한 카메라는 다행히 긴 여정을 잘 버텨준 것이다. 그는 카메라의 수고를 헤아린다는 듯 검은색 페인트가 군데군데 벗어진 그 표면을 몇 번이나 쓰다듬었다.

태어나 처음으로 열망했던 카메라, 그는 이 카메라에 대한 열망보다 더 큰 열망을 다시는 가져보지 못했다. 대학 시절, 패션계의 프리랜서 사진가를 보조하는 일로 돈을 모아 마침내 중고 상점에서 카메라를 구매한 날, 그는 잠들지 못했다. 젊었던 그는 자신만의 카메라가 생겼다는 것을 잠시 잊어야 하는 수면 시간을 견디지 못했던 것이다. 세월이 흐르면서 성능이 우수하고 편의성도 갖춘 카메라들을 두세 대씩 양쪽 어깨에 멘 채 현장을 다니게 됐지만, 삶의 마지막 촬영이라면 처음 품에 안고 잠들었던 카메라와 함께하고 싶다고 오래전부터 그는 생각해왔다.

카메라를 다시 백팩에 넣는데, 신음이 절로 나오는 강렬한 통증이 등허리와 가슴을 타고 머리로까지 퍼져갔다. 금세 식은땀이 흘렀고 두 손이 떨렸다. 그는 가방에서 황급히 진통제를 꺼내 혀 밑에 넣은 뒤 텀블러에 담아온 로크로몬드를 한 모금 들이켰다.

"당신은 내일 죽어도 이상할 게 없는 상태예요."

촬영을 하러 비행기를 탈 예정이니 모르핀 계열의 진통제를 넉넉히 처방해달라는 그의 말에 담당의는 높은 단상에 앉은 법관처럼 그렇게 말했다. 암세포가 뇌까지 전이돼서 수술은 이미 불가능하지만 항암 치료를 받는다면 한 가닥 희망은 걸어볼 수 있다는 레퍼토리를 잊지 않은 채. 일단 살아야 그렇게 좋아하는 사진도 더 찍을 수 있지 않겠습니까, 라고 그늘진 눈빛으로 물을 때는 부쩍 나이들어 보이기도 했는데, 그 순간 그는 자신도 모르게 담당의의 시선을 피했다. 틀린 말은 아니었지만 그 말을 들어줄 의향이 없었으니까.

언제부터였을까. 어떤 병에 든다 해도 현장에서 마지막까지 작업을 하기로 결심한 것은 대체 언제였던가. 돌이켜보면 결정적인 계기 같은 건 없었다. 다만 그는 오랜 시간 분쟁 지역을 다니면서 자신의 생존과 누군가의 죽음이 이어져 있다는 걸 자연스럽게 알게 되었을 뿐이다. 총알은 매번 그를 비켜갔고, 폭격으로 건물이 무너지던 때도 그는 어김없이 건물에서 탈출할 수 있었다. 대신 다른 사람들이 죽었다. 그의 옆구리나 머리를 스쳐간 총알은 곁에 있던 누군가를 명중했고 건물 잔해 밑에는 그보다 걸음이 느렸던 아이와 노인들이 잿빛 시멘트 가루를 뒤집어쓴 채 쓰러져 있곤 했다. 가자지구로 향하던 구호품 트럭이 피격되었을 때도 그랬다. 뒷좌석에 앉은 노면은 죽었지만 조수석에서 노면을 찍고 있던 그는 살아남았다. 그 모든 순간에 내가 죽었다면 그들 중 누군가는 살았을지 모른다, 라고 그는 생각하지 않을 수 없었고 그런 생각이 반복되면서 그가 겪은 수많은 죽음은 그에게 갚을 수 없는 빚이 되었다.

자야 하는데……

생각하면서도, 그는 텀블러를 들고 다시 발코니로 나갔다. 아침 일찍 공항으로 이동해 레스보스섬으로 들어가는 비행기에 탑승하려면 지금 당장 잠에 들어야 했지만 그는 이곳에서 건너다보는 아테네의 밤을 과거로 흘려보내기 아까웠다. 더욱이 이 도시의 달이 그는 마음에 들었다. 분화구뿐 아니라 그곳의 흙먼지까지 보이는 것만 같은 달은 태고의 모습을 그대로 간직한 듯했고—하긴, 달은 처음 생겨날 때부터 지금까지 변한 게 없을지도 모르겠다—그래서인지 그는 아주 까마득한 과거로 거슬러왔다는 황홀한 착각에 빠져들 수 있었다.

로이터통신에 소속된 사진기자였을 때 레바논의 사막에 세워진 천막 병원에서 맞은 밤이 떠올랐다. 한밤중에 소변을 보기 위해 부스스 일어나 천막 밖으로 나간 순간 마치 생명체처럼 움직이는 밤하늘이 그의 눈앞에 펼쳐졌다. 전원 스위치라도 켜진 듯 갑자기 빛을 발하는 별이 있는가 하면 수명이 다해가는 전구인 양 깜박이는 별도 있었으며, 빠른 속도로 움직이는 별과 속절없이 추락하는 별도 있었다. 인간의 셈법으로는 추정이 무의미한 먼 과거를 떠도는 별들이었다. 시간을 초월하여 지구의 밤하늘에 도달한 저 별빛들이 꺼지지 않는 한, 세상의 모든 아픔은 결국 다 사라질 것만 같다는 낙관을 품지 않을 수 없었던 밤……

그러고 보면 밤은 언제나 위장에 재능이 있었다. 반대파 군인들에게 팔이나 다리가 절단된 사람들이 마지막 생존의 수단으로 구걸을 할 수밖에 없었던 시에라리온에서도 밤은 그들의 비참을 감춘 채 다만 평온했고 별들은 반짝였다. 그 밤을 필름에 담으며 그는 생각하지 않았던가. 지금 당장 다리나 팔이 없는 시에라리온 사람 한 명을 구해와 모델로 세우고 싶다는 생각을…… 그 생각은 그를 환멸하게 했지만 그 밤, 작업은 계속 이어졌고 그는 수백 장의 사진을 메모리카드에 저장할 수 있었다.

늘 의심하긴 했다. 숙소에서, 비행기에 앉아 검은 대기를 내려다볼 때, 혹은 간이 사무소 같은 곳에서 비자를 기다리는 동안 의심은 과묵한 동행자처럼 그의 곁에 머물곤 했다. 배경은 아름답고 구도는 안정적이되 그 안의 사람들은 더 아프고 더 불쌍하게 보이는 사진, 혹은 끊임없이 잔인한 이미지를 징집해서 찍은 사진이 과연 세상의 분쟁을 막는 데 무슨 도움이 되는지에 대한 의심이었다. 그건 들판에 버려진 시체를 찍을 때도 노을이 지는 순간을 기다렸다가 셔터를 누르는 사진기자에게 진실을 보여줄 자격이 있는지에 대한 의심이기도 했다. 의심은 짙었지만 오래 품을 수는 없었다. 분쟁을 막든 부추기든, 일단 지면에 실려야 그런 고민도 사람들의 관심을 끌 수 있었으니까.

언론사에 소속된 사진기자로서 마지막 촬영을 간 곳은 이라크의 바그다드였다. 주택가에서 덫에 걸린 짐승처럼 고통스럽게 울부짖던 사내를 목격하게 됐는데, 취재와 촬영을 돕도록 고용된 현지인 픽서fixer는 사내가 외출한 사이 미사일을 맞은 집이 산산조각나면서 아내와 세 아이가 모두 그 자리에서 죽었다고 설명해주었다. 사내는 장례를 마치고도 무너진 집 주변을 떠나지 못하고 있다고, 지금 사내가 외치는 말은 '나도 죽여달라'라고 픽서는 설명을 이어갔다. 그 설명을 듣기 전까지 사내가 포함된 사진의 구도를 고민했던 그는 이내 카메라를 내려놓을 수밖에 없었다. 대신 탈수증상을 보이던 사내를 병원까지 데려다주었는데, 그 병원 복도엔 가슴부터 다리에까지 붕대가 칭칭 감긴 모습으로 이동용 침대에 누워 있던 한 살배기 아기가 있었다. 폭격 때 부모가 함께 몸을 포개 덮어 겨우 살려내긴 했지만 아기의 몸에도 폭탄 파편이 박혔다고, 그래서 벌써 세번째 봉합 수술을 받기 위해 대기중이라고 간호사가 알려주었다. 아기는 세상에 혼자 남겨졌다는 것을 모르는 듯 그를 올려다보며 생긋 웃었고, 그가 오른손 검지를 그 작은 손바닥에 올려놓았을 땐 아주 꼭, 있는 힘껏 꼭, 잡아주었다. 그 순간 그는 흐느꼈다. 살고 싶다고 말하는 것 같은 아기의 손가락 언어가 그대로 전달되어서였을 것이다.

그날 숙소로 돌아간 그는 두 가지를 결정했다. 언론사를 그만두는 것, 그리고 사람들 속에 섞여 살면서 죽음이 아니라 삶에 가까운 사진을 찍는 것…… 그뒤 주로 한 계절이나 두 계절씩 같은 곳에 머물며 촬영을 했는데, 아프가니스탄에선 일년 넘게 살기도 했다. 그곳에서 사귄 친구의 집 화덕 앞에 앉아 빵을 구웠고 혼자서는 시장도 나다닐 수 없는 친구의 아내와 여동생, 딸들을 찍어준 날도 있었다. 부르카를 벗고 한껏 멋을 낸 아프가니스탄의 여자 모델들, 그건 친구가 진보적인 사내여서 가능한 일이었다. 그는 그 사진들을 그들 한 명 한 명에게 선물로 주었을 뿐, 외부에는 공개하지 않았다.

올리브나무 숲이 끝없이 펼쳐진 가자지구의 농가 마을에서 보낸 한 계절도 떠올랐다. 1차 인티파다와 2차 인티파다* 때 남편과 아들을 차례로 잃은 것도 모자라, 이스라엘 군인에게 돌멩이를 던졌다는 이유로 십 년 형을 선고받은 손자를 기다리던 노파를 그는 그곳에서 만났다. 노파는 올리브나무 가지를 손질하며 카메라 앞에서 말했다. 손자가 석방되면 이곳으로 올 거라고, 그때까지 올리브 열매는 계속해서 열릴 것이고 때가 되면 수확하는 게 내가 할일이니 나 역시 살아갈 수밖에 없다고⋯⋯ 옆에선 소년들이 찌그러진 축구공으로 공놀이를 하고 있었고, 근처 사원에서 들려오는 아잔 소리는 올리브나무 사이를 가로지르며 여러 겹으로 울려퍼졌다. 아잔 소리 한

---

* 아랍어로 '봉기' '반란'을 뜻하는 인티파다(intifada)는 이스라엘을 향한 팔레스타인의 저항운동을 통칭하는 단어이다. 1차 인티파다는 1987년 12월부터 1993년 9월까지 이어졌으며 2차 인티파다는 2000년 9월에 발발해 2005년 2월에 봉합됐다. 두 차례의 인티파다로 팔레스타인과 이스라엘 양쪽 모두에서 많은 희생자가 발생했다.

가운데서 그는, 사진가로서의 지난 시간은 오직 이 노파를 만나기 위한 것이었다는 생각에 한참 동안 꿈쩍도 하지 못했다. 아니, 그건 믿음에 가까웠다. 사진가로 살지 않았다면 다른 나라의 시골 마을에서 온몸으로 삶을 끌어안는 노파를 만날 기회가 없었을 테니까.

아기들뿐 아니라 아기 엄마들도 영양실조 상태인 아프리카의 나라들로 촬영을 갈 때는 전지분유부터 챙겼다. 숙소 근처에 천막을 치고 전지분유를 타놓으면 소식을 전해들은 어리고 깡마른 엄마들이 하나둘 찾아왔다. 그들이 젖먹이들을 품에 안은 채 그가 나눠준 분유통을 기울여 전지분유를 충분히 먹이는 모습을 찍을 때마다 그는 그들의 한순간을 기록할 수 있다는 것에 안도했다.

사람을 살리는 일……

그 일은 위대하다고 했던가.

어떤 의사와 간호사는 폭격 소리가 가까워져도 응급수술을 중단하지 않는다고, 자신도 분쟁 지역의 의사라면 그렇게 했을 거라고, 수술을 못한다면 헌혈이라도 하러 갔을 거라고, 구호품 트럭에서 노먼은 그런 말도 했었다. 죽음을 불과 두세 시간 앞두었다는 것을 짐작조차 하지 못한 사람의 슬픈 확신이었다.

한때는 노먼의 말을 종교처럼 신봉했고 다큐멘터리 영상을 편집하는 동안에도 수없이 되새겼지만, 오늘밤 그는 노먼에게 묻고 싶었다. 사람을 죽여야 하는 전쟁에 누군가는 왜 그토록 맹목적으로 붙들려 있는지, 죽고 죽이는 역사가 반복되는 이유는 무엇인지, 이 미친 전쟁에서 승리자와 패배자, 가해국과 피해국이 어떻게 구분되는 것인지, 사람은 대체 어디까지 비참해질 수 있는지, 오랜 친구에게 토로하듯 밤새도록 떠들어대고 싶기도 했다.

가령 미군의 폭격에 많은 국민을 잃은 이라크는 다른 곳에서는 쿠르드족을 죽였다. 삼백 년 넘게 네덜란드의 식민 지배를 받은 인도네시아는 약국의 슬픔을 어느 나라보다 잘 알 텐데도 동티모르를 공격했고 인구의 사분의 일 이상을 학살했다. 이십 세기 들어 가장 처절한 홀로코스트를 경험한 유대인들은 테러리스트를 차단하고 솎아낸다는 명목을 내세워 그 위로 고압 전류가 흐르는 팔 미터 높이의 장벽을 세웠고 가자지구에 주기적으로 폭탄과 미사일, 로켓을 투하해왔다. 무기에는 테러리스트와 민간인을 식별할 능력이 없는데도. 오히려 이스라엘 사람을 한 명이라도 죽이는 게 꿈인, 고작 그런 것을 꿈이라고 믿는 소년과 소녀들을 키워낼 뿐인데도. 그들 중 일부는 몸에 폭탄을 두르고 이스라엘 군인 속으로 뛰어들기도 했다. 테러가 아니라 신앙이라고, 아니, 사랑의 경지라고, 자신의 몸이 신전이 되어 순교할 기회를 얻은 것뿐이라고, 그들은 죽는 순간까지 그렇게 생각했을 것이다.

오래전의 영국도 다르지 않았다. 독일의 잔인한 폭격을 더 잔인한 폭격으로 되갚았으니까. 아버지도 희생자야, 라고 말했던 애나의 말을 그는 이제 이해했다. 아니, 이해하는 정도가 아니라 육십 년 넘게 살아오면서 온 마음으로 깨달은 진실 중의 하나가 바로 그 말이었다. 그가 레스보스섬에서 죽음을 맞는다면 그 소식은 아버지에게 가장 먼저 전달될 것이다. 그것이 그에게는 다행이었지만 아버지에게는 감당하기 힘든 비극이 되리라.

그는 바지 주머니에 넣어두었던 휴대전화를 꺼내 아버지의 번호를 입력했지만 어제처럼, 어제들의 수많은 어제들처럼 통화 버튼은 누르지 못했다. 화해하고 싶다는 말을 하기엔 뒤늦었고 이해한다는 말은 입에 담을 자격이 없다고 그는 생각했다. 무엇보다 치료를 중단한 자신의 병을 이제 와서 굳이 밝히고 싶지 않았다. 그는 휴대전화를 도로 손에서 내려놓았고, 대신 바그다드에서 만났던 사내와 아기를 다시 떠올렸다.

살아줘, 그는 속삭였다.

가능한 오래.

속삭임 끝에서 그는 진통제 한 알을 더 꺼내 혀 밑에 둔 채 침대 위로 쓰러지듯 누웠다.

외로웠지만, 아직은 견딜 만했다.

다만 알 수 없었다.

숱하게 찍어온 사진들이 과연 단 한 사람에게라도 의미 있는 말을 걸었는지, 전쟁이 끊이지 않는 나라에서 태어났다는 것만으로도 형벌 같은 삶을 살아야 했던 누군가에게 위로가 되었는지, 낯선 사람의 손가락이라도 힘껏 잡을 수밖에 없었던 어떤 아기의 절박함을 기억하게 해주었는지……

알 수 없어서 그는 새벽까지 뒤척였다.

잠들기 직전엔 임종의 순간에 아테네의 밤을 그리워하리란 예감이 그의 머릿속에서 잠시 점멸했는데, 그건 마치 소멸하기 직전의 별 같았다.

2022년 7월 21일

오늘도 게리는 오지 않았다.

바빠서일 거라고 이해하려 애썼지만 못내 서운한 건 어쩔 수 없었다. 아니, 답답한 것인지도 모르겠다. 기억이 짐처럼 하역된 배가 망각의 파도에 떠내려가지 않도록 사력을 다해 밧줄을 붙잡고 있는 선주, 그는 꽤 오랫동안 자신이 그런 선주와 다르지 않다고 생각해왔다. 한줌 남은 기억마저 사라지기 전에, 그래서 자신에게 아들이 있었다는 것조차 잊어버리기 전에, 그는 아들을 만나 오랜 세월 마음속에만 담아두었던 말을 전하고 싶었다.

머잖아 죽음이 당도하기 전에……

죽음을 떠올리자 새삼 다급해진 그는 침대에서 가까스로 일어나 전화기를 찾았다. 마음과 달리 몸의 속도는 느렸지만 최선을 다해 베개 밑과 침대 아래를 샅샅이 살폈다. 동그란 다이얼이 달린 네모난 플라스틱 전화기였는데, 색은 베이지색이었던가 초록색이었던가. 아니, 송수화기만 금속으로 처리된 우아한 곡선 형태의 목제 전화기였는지도 모르겠다. 아내가 그 송수화기를 뺨과 어깨 사이에 둔 채 담배를 피우며 통화를 하던 모습이 어제 본 듯 선명했다. 색과 질감, 형태는 불분명했지만 전화기라 부를 만한 그것이 분명 여기 어딘가에 있었는데. 그런데……

어느 순간 움직임을 멈춘 그는 멍한 눈으로 허공을 응시했다.

그런데, 아들에게 내가 그토록 절박하게 전하려던 말이 무엇이었던가.

길을 잃은 어린아이가 된 양 그는 돌연 슬프고 무서워졌다. 익숙한 패턴이긴 했다. 조금 전까지 테두리가 분명했던 생각이나 다짐이 순식간에 흐트러지거나 휘발되어버리면 몸도 함께 굳어버리는 패턴이었다. 아까부터 창문엔 등허리가 꾸부정한 노인이 얼비치는 중이었다. 저 사람은 태평하구나. 그는 생각했다. 태평하게 살아 있구나, 저렇게나 늙은 몸으로 지금껏 꾸역꾸역, 그 많은 사람들을 죽였으면서, 노인이든 아이든, 여자들도, 가리지 않고 다……

그대로 무너지듯 침대에 주저앉은 그는 침대 아래로 내려온 비닐 팩을 내려다봤다. 그의 몸과 연결된 관을 통해 오줌이 쉬지 않고 똑, 똑, 떨어지는 비닐 팩은 그에게는 새로운 의미의 시계였다. 비닐 팩이 다 차면 어김없이 배가 고프거나 목이 말랐고, 그건 대여섯 시간이 지나갔다는 의미였으니까. 비닐 팩은 시계라는 본분에 맞게 정확했지만 가끔 그는 그 투명한 성실함에 진저리가 났다.

그때였다. 노크 소리가 들리더니 바로 문이 열리면서 여자가 들어왔다. 유창하지는 않지만 성실히 습득한 티가 역력한 영어 발음으로 카메라를 들이밀며 이것저것 쓸데없는 것을 묻고는 그것이 자신의 일이라고 했던 여자, 이름이 실버였던가. 팔다리가 가늘고 몸피도 얄캉한 여자였는데, 그렇게나 왜소한 몸으로 시리아나 가자지구 같은 곳에서 사진을 찍어왔다고 스스로를 소개했을 때, 사실 그때부터 그는 여자를 신뢰할 준비가 되어 있긴 했다. 그 신뢰는 금세 애정으로 바뀌었다. 여자가 아들의 이름을 언급하며 그애를 닮은 사진가가 되고 싶었다고 밝힌 순간부터였다. 여자에게 할애된 기억의 영토가 온전한 것은 그 때문일 것이었다.

여자가 카메라 가방을 내려놓으며 짐짓 밝은 목소리로 인사를 건넸다. 여자와 대화하는 게 싫지 않으면서, 오히려 여자의 방문을 내심 기다렸으면서도, 그는 시큰둥한 목소리로 대꾸했다.

"오늘도 자네는 이상한 걸 물으려고 여기 온 거겠지."

뷰파인더에 그가 잡히도록 삼각대 위의 카메라를 매만지던 여자는 그를 향해 말없이 웃기만 했다.

"사실은 오늘이 마지막 촬영이에요. 편집까지 마치려면 시간이 좀더 걸리겠지만요."

여자가 그에게 다가와 환자복 옷섶에 핀 마이크를 꽂으며 말했다. 그는 깜짝 놀랐지만 아무렇지 않은 척 그러든지 말든지, 라고 중얼거렸다. 여자가 마이크 선을 정리하기 시작하자 그는 시무룩한 표정을 숨기지 못한 채 여자의 행동 하나하나를 유심히 지켜보며 지금까지 여자가 몇 번이나 자신을 찾아왔는지 헤아려봤다. 쓸모없는 수고였다. 언제부터인가 그에게 횟수는 의미가 없었다. 두 번이 지나면 다 똑같아졌으니까.

그동안 여자가 영상 모드의 카메라 앞에서 그에게 물은 건 대개 지나온 시절에 관한 것이었다. 그중엔 그의 공군 생활이 빠질 수 없었다. 언제였던가, 여자는 드레스덴과 관련된 이야기를 더 듣고 싶다고 했다. 드레스덴이 화제에 오르면 당황하거나 당황한 채 역정을 부릴 줄 알았는데, 그때 그는 스스로도 놀랄 정도로 차분히 그때의 정황을 설명했다.

청년으로 참전했을 당시 그는 애초에 조종사가 아니었다. 주로 조종사 뒤에 앉아 공중에서의 기총소사를 담당하던 기관총 사수였는데, 어느 날 편대장이 그를 포함한 세 명의 기관총 사수—다들 얼결에 입대한 스무 살 언저리의 애송이들이었다—를 부르더니 조종석에 앉을 준비를 하라고 명령했다. 기존 조종사 중에 사상자가 많아 기관총 사수 셋이 급하게 차출되었던 것이다. 비행 훈련을 받은 적 없고 조종간은 잡아본 적도 없는 사병이 하루아침에 조종사가 되는 건 상식적이지 않은 일이었지만 언제라도 죽을 수 있고 누구라도 살인을 해야 하는 전투 상황에서 불가능한 명령이란 없었다.

그와 동료들은 두세 시간 동안 급하게 교육을 받은 뒤 소형 단좌 전투기에 탑승했다. 탑승 때 보니 동료 중 한 명의 상태가 좋지 않았다. 저런 상태로 이륙이나 할 수 있을까 싶을 정도로 동료는 심하게 몸을 떨고 있었는데, 자세히 보니 그 짧은 시간 동안 귀밑 머리칼이 하얗게 변해 있기까지 했다. 하지만 그보다 믿기지 않는 건 따로 있었다. 뭉게구름 위에서 전투기를 모는 게 뜻밖에도 황홀했다는 것, 그날 독일 전투기들의 엄청난 공격에도 그는 살아남았다는 것, 그런 것…… 그는 살아서 귀대했지만 나머지 두 명의 초보 조종사는 죽었다. 몸을 떨던 동료는 폭격기와 함께 허공에서 불탔고, 또다른 동료는 폭격기 날개가 총격으로 부서지자마자 비상 탈출을 시도했지만 낙하산이 작동하지 않아 바다 어딘가로 떨어지고 말았다. 둘 다 시신조차 찾을 수 없는 방식으로 죽음을 맞은 셈이었다. 첫 비행에서부터 안정적으로 전투기를 몰았던 그는 그날 이후 조종사로 승격되었고 이 년여 동안 크고 작은 공중전과 폭격 행렬에 동원됐다. 드레스덴은 그가 마지막으로 동원된 폭격 작전의 목표 도시였다.

내가 몰랐던가.

소이탄이 무기 공장이나 수송 기차 같은 군수 시설뿐 아니라 주택가에도 대량으로 쏟아졌다는 걸…… 사실상 정밀 타격이 불가능한 당시 폭격기 기술의 한계—그 한계는 한국과 베트남, 아프가니스탄과 이라크 같은 전장에서 자행됐던 폭격에서도 개선되지 않았다고 그는 알고 있었다—탓도 있었지만, 단지 그 때문만은 아니었다. 민간인을 죽여 보복하고 독일을 동요하게 해서 항복을 이끌어내는 것이 그 작전의 원래 목표였으니까. 그것을 몰라도 되는 행운을, 그는 누리지 못했다. 붉다는 말로는 부족했던 시뻘건 화염을, 끔찍할 정도로 검게 일렁이던 연기 기둥을, 사람들의 비명을, 불이, 불길과 열기가 건물과 건물 안의 사람들을 태우는 소리를, 그는 중폭격기 안에서 모두 보고 들었다. 그 기억만큼은 늙거나 병들지 않았다. 망각의 파도가 너울대는 부둣가에 서 있는 지금까지도.

도무지, 그리되지 않았다.

비가 오려는지 먹구름이 몰려왔고, 전등을 켜지 않은 탓에 병실 내부는 금세 어두워졌다. 여자는 촬영에는 관심 없다는 듯 어느새 카메라로부터 한 걸음 떨어진 곳에서 그저 그의 이 야기를 듣고만 있었다.

언제부터 내가 떠들어대고 있었던가.

그는 알 수 없었다.

여자에게 대체 무슨 말까지 했던 것일까. 나는 왜 지금 머리를 감싼 채 신음하고 있는가.

"괴로우면 더 말하지 않아도 돼요. 사실 지난번까지 찍은 영상으로도 충분해요."

여자는 그의 마음을 꿰뚫어본 듯 말했고, 이내 가방에서 파일 홀더에 끼워둔 종이 한 장을 꺼내 그에게 건넸다.

"이걸 보시겠어요?"

"……"

"어제 인터넷에서 이 사진을 발견했어요. 프린터로 출력한 사진이어서 화질은 떨어지지만 게리의 얼굴이 여느 사진과 달리 제법 크게 나왔더라고요. 여기는 아프리카 우간다인데, 함께 간 동료 사진가가 찍었대요."

여자의 말대로 프린트한 종이에는 게리가 있었다.

흑인 여성들이 빙 둘러앉아 아기들에게 분유를 먹이는 모습을 지켜보는 게리, 흐뭇하게 웃는 내 아들······

젊구나. 그는 손바닥으로 천천히 종이를 쓸며 탄식하듯 내뱉었다.

젊고 아름답구나.

나는······

그는 다시 여자 쪽을 보며 울먹이듯 중얼거렸다.

"나는, 나도······"

"······"

"사람을 죽이려고 태어나지 않았지."

말하면서, 그는 처참한 마음으로 깨달았다. 아들에게 그토록 하고 싶었던 말이 바로 그것이었다는 것을.

여자는 아무 말 없이 그저 그의 손을 꼭 잡아주었다. 주름지고 검버섯으로 가득한 손 위에 올려진 여자의 가늘고 흰 손을 그는 물끄러미 내려다봤다. 여자도 알까, 어떤 망각은 불완전하다는 것을. 아들이 이곳에 올 수 없는 사람이 되었다는 사실은 대체로 망각의 영역에 편입되었지만 그 편입이 늘 성공적인 건 아니었다. 그러니까 뼈가 저미도록 그 사실을 의식해야 하는 순간도 찾아오는 것이다.

지금처럼.

아들은 내일도 오늘처럼 이곳에 오지 못할 것이다.

그는 종이에 남은 아들의 얼굴로 다시 시선을 옮겼고 동시에 상상했다. 안다고, 다 알고 있다고 대답하는 아들의 목소리를.

그건, 여자가 방금 그의 귓가에 들려준 말이기도 했던가.

나스차와 리디아, 그리고 툐샤가 탑승한 르비우발 기차는 십오 분 후 이곳 프셰미실 중앙역의 플랫폼으로 들어올 것이다. 프셰미실은 우크라이나와 폴란드의 국경에 인접한 도시로, 우크라이나의 서부 도시 르비우와는 불과 백 킬로미터 정도 떨어져 있다고 했다. 우크라이나의 피난민들은 대개 르비우에서 기차나 버스로 프셰미실까지 와서 목적지로 삼은 국가의 도시로 떠나가는 여로를 선택한다고 그녀는 들었는데, 오늘 프셰미실 기차역은 한산했다. 순찰을 도는 경찰들만 간간이 오갈 뿐, 구호단체에서 파견된 봉사단이나 피난민으로 보이는 사람들은 거의 눈에 띄지 않았다.

"작년 봄까지만 해도 이곳은 하루종일 사람들로 발 디딜 틈 없이 북적였는데, 지금은 르비우에서 기차가 들어와야 피난민을 만날 수 있어요."

그녀가 휴대전화로 시간을 다시 확인하고 있을 때, 그녀 곁에 서 있던 젊은 여성이 영어로 말을 걸어왔다. 여성은 하얀 털모자를 쓰고 있었는데 모자 아래로 내려온 밤색 머리칼은 부드럽게 찰랑였고 눈동자는 신비로울 정도로 맑은 청색이었다.

"크라쿠프, 바르샤바, 베를린, 부다페스트 같은 도시 이름이 적힌 작은 팻말이나 종이를 들고 서성이는 폴란드와 독일, 헝가리 사람들이 제법 많았거든요. 팻말에 적힌 곳까지 피난민들을 대가 없이 자동차로 태워주려는 사람들 말이에요. 임시로 머물 공간을 내주겠다는 사람들도 적지 않았고요. 그때는 사람이란 원래 뜨거운 존재구나, 그런 생각을 하며 뭉클해지기도 했죠."

"그렇군요. 하긴, 피난민이 부담스러워진 시절이긴 하죠. 전쟁이 길어진데다 다들 전쟁 때문에 물가가 올랐다고 떠들잖아요."

"맞아요. 앞으로 더 나아지진 않을 거예요. 참, 난 베로니카예요. 우치에서 왔어요."

베로니카의 말에, 그녀는 자신은 한국 사람이며 이름은 실버라고 스스로를 소개했다.

베로니카는 피난민의 숙박을 무료로 해결해주기 위해 한 달에 한 번 정도 이곳에 온다고 뒤이어 설명했다. 우치는 폴란드의 중심부에 위치해 있어서 폴란드 안에서나 다른 나라로 이동할 때 편리하다는 것도 그녀는 베로니카를 통해 알게 됐다. 우치라면 영화 학교로 유명하다는 것만 알고 있었다고 그녀가 대답하자 베로니카는 영화 학교를 제외하면 따분한 도시가 맞다며 웃음 띤 얼굴로 대꾸했다.

"근데, 한국에 가려는 우크라이나 사람들도 있어요?"

"그건 잘 모르겠어요. 오늘 내가 여기에 온 건 우크라이나 여성 두 명을 런던에 있는 친구의 집으로 데려다주기 위해서니까요."

"런던이라면 내 친구들도 여럿 가 있어요. 근데 요즘은 그곳도 일자리를 구하는 게 예전처럼 쉽지 않다고 하더라고요."

"정말 어려워졌어요. 물가뿐 아니라 전기료와 난방비도 말이 안 되게 올랐거든요. 그래서 우크라이나에서 올 예정인 그들도 런던에서 난민으로 혜택을 받을 수 있을지, 사실 지금은 잘 모르겠어요."

"그러니까, 그들은 나스차와 리디아?"

베로니카가 그녀의 손에 들린 스케치북을 가리키며 다시 물었고 그녀는 작은 웃음을 지어 보인 채 고개를 끄덕였다.

나스챠와 리디아, 당신들의 집으로 편히 오세요.

스케치북에는 그런 문장이 적혀 있었다. 그녀가 프셰미실로 떠나기 전날, 살마가 다친 오른손 대신 왼손으로 쓴 문장이었다. 살마에게 스케치북을 건네받은 그녀는 한참 동안 그 한 줄의 문장을 들여다봤다. 영국에서 사는 내내 살마가 듣고 싶었던 말은 오직 그 문장뿐이었을 거라 생각하니 삐뚤빼뚤한 글자들에 더 애정이 갔다.

그녀가 살마에게 승준에게서 전해들은 나스챠의 상황을 이야기한 건 조언을 기대해서였을 뿐, 살마가 나스챠와 리디아를 정식으로 초대하리라곤 예상하지 못한 일이었다.

아버지의 부고를 접하고 일주일 정도가 지났을 무렵, 살마가 보는 사람을 불안하게 할 정도로 잠만 잔다는 딜런의 전화를 받은 그녀는 템스강 산책로로 살마를 데리고 나갔다. 살마는 목발을 짚고 걷긴 했지만 그녀의 도움이 필요하지 않을 만큼 상태가 호전되어 있어서 그녀는 내심 안도했다. 해머스미스 브리지를 건넌 두 사람은 강물 바로 앞 나무 벤치에 나란히 앉았다. 강물은 잔잔했고 강물에 흡수된 겨울의 빛 한줌은 눈이 부셨는데, 생김새와 크기가 제각각인 새들이 비상과 착지를 반복하면서 그 빛을 아주 먼 곳까지 번져가게 했다. 템스강의 물결을 따라 흘러가는 카누는 엽서 속에 있는 듯 평화로워 보였고 멀거나 가까운 곳에서 나뭇잎을 흔드는 바람소리는 소란하지 않았다. 그날 벤치에서 살마는 그녀의 이야기를 듣자마자 초청을 결심했다. 그녀는 바로 호응하지 않은 채 집에 가서 딜런과 상의한 후 며칠 더 고민해보라고 조언했다. 살마와 딜런은 돈보다 가치를 선택한 가난한 커플인데다 더욱이 살마의 집은 네 사람—그리고 머잖아 그 수는 다섯으로 늘 터였다—이 지내기엔 협소했다. 우크라이나 피난민을 초대하려면 최소 육 개월은 주거지를 공유해야 한다는 정책적인 조건이 있다고 그녀는 알고 있었는데, 그 기간 동안 생길 수 있는 변수도 신경이 쓰였다.

"아니, 내 마음은 바뀌지 않을 거야. 딜런은 당연히 동의할 거고."

"하지만 너는 그들에 대해 거의 아무것도 모르잖아."

"은, 잊었어? 애나도 내 이름만 듣고 나를 초대했어."

"……"

"은이 그 일을 가능하게 했잖아."

"……내가?"

"그래, 네가 이 모든 관계를 하나로 엮었어. 은이 아니면 대

192

체 누가 했겠어?"

"······"

"나도······"

"······"

"은과 애나처럼 하고 싶어. 실은 늘 그렇게 살고 싶었어."

말을 마친 살마는 수줍게 웃어 보였는데 표정은 그 어느 때
보다 단단했다. 카메라를 들고 다니던 그녀를 창 너머로 훔쳐
보다가도 눈이 마주치면 몸을 숨기곤 했던 열다섯 살의 소녀
가 그 순간 그녀의 마음 깊은 곳에서 고개를 들어 그녀를 올려
다보는 듯했다. 그러고 보니 그 소녀는 영국에서 온 서류 몇
장에 의지한 채 새로운 삶이 펼쳐질 무대를 향해 혼자 씩씩하
게 걸어나간 적이 있었다. 영국에 온 뒤에도 살마는 하고 싶고
할 수 있는 일을 스스로 찾아서 했고, 사랑이 찾아오면 늘 아
낌없이 사랑을 했다. 그녀는 살마의 결정이 즉흥적이라고 지
레짐작한 자신이 부끄러워졌다. 부끄러운 채로, 그날 그녀도
결정 하나를 했다. 나스차와 리디아를 폴란드에서 영국으로
데려오는 일을 맡는 것······ 그 일을 마무리하려면 귀국을 또
다시 미뤄야 하고 적지 않은 경비도 들 테지만 하고 싶고 할
수 있는 일을 그녀 역시 회피하고 싶지 않았다.

이튿날부터 살마는 분주해졌다. 관공서를 찾아가 우크라이

나 난민을 수용하겠다는 신청서를 제출했고 초청장과 신원 보증서를 준비했다. 오래전 애나가 그랬듯 얼굴도 본 적 없는 사람들을 위해, 명예도 이득도 바라지 않은 채. 여분의 방에는 중고로 구매한 침대를 들였고 시트와 이불, 베개를 준비했으며 커튼도 새로 달았다. 어느 주말 그녀가 애나와 함께 아기용 레깅스와 모자, 양말을 사서 살마의 집을 방문했을 때, 살마는 거실에 방수 비닐을 깔아놓고는 페인트—손님방의 벽면을 귤색으로 꾸미고 싶었는지 빨간색과 노란색, 흰색 페인트가 비닐 위에 나란히 놓여 있었다—를 섞고 있었다. 작업용 앞치마를 두른 딜런은 머쓱하게 웃으며 페인트칠에 서툴러 걱정이라고 말했고, 살마는 그녀와 애나에게 잠시만 기다려달라고 양해를 구한 뒤 다시 작업에 몰두했다. 머리칼이 흘러내리고 양쪽 뺨에 페인트가 묻었는데도 전혀 개의치 않는 살마에게선 어떤 절박함이 느껴졌다. 할 수 있는 최대한의 호의와 환대로 손님을 맞이하고 싶다는 절박함이……

어디선가 아코디언 선율이 들려온 건 안내 전광판에 르비우발 기차의 도착을 알리는 정보가 뜨면서 기차에서 내린 승객들이 하나둘 역내로 들어올 때였다. 대각선 앞쪽에서 한 남자가 엘가의 〈사랑의 인사〉를 아코디언으로 연주하고 있었다. 그의 연주가 역 안의 질서와 흐름을 미묘하게 바꾸고 있다고 그녀는 느꼈다. 이제 막 국경을 넘어온 피난민들의 경직되었던 표정은 느슨히 이완되는 듯했고 슬픔과 불안이 섞인 공기는 낙관과 희망으로 희석되는 것만 같았다. 남자의 얼굴이 낯익었다. 그녀가 어젯밤 묵었던 게스트하우스에서도 그의 아코디언 연주를 들었던 게 느리게 기억났다.

프셰미실로 오기 위해 그녀는 어제 아침 런던에서 바르샤바행 비행기에 올랐고 바르샤바에서 다시 기차를 탔다. 프셰미실에 도착한 뒤엔 예약해놓은 시내의 게스트하우스를 찾아갔는데, 그곳에도 우크라이나에서 온 피난민들이 있었다. 그들은 가족과 친척 단위로 몇 명씩 한방을 썼고, 담요를 뒤집어쓴 채 복도에서 서성이거나 휴대전화로 누군가와 통화를 하기도 했다. 아코디언 연주가 들려온 건 그녀가 사 인용 도미토리룸 침대에 앉아 짐을 풀 때였다. 살짝 문을 열어 고개를 내밀자 복도 끝에 서 있는 남자가 보였다. 그가 연주하는 곡이 피아졸라의 〈망각〉이란 것을 깨달았을 때부터 그녀는 꿈쩍도 할 수 없었다. 당분간 나쁜 기억은 잊고 이곳에서 삶을 두려움 없이 맞이하자고 말하는 것 같은 연주가 그녀에게는 간절한 기도처럼 들렸으니까. 연주가 끝난 뒤 다시 침대로 돌아온 그녀는 양말을 벗고 실리콘으로 된 발등을 내려다봤다. 다치지 않았다면 나는 지금 어디에 있었을까, 생각하자 그녀의 숨이 크게 부풀어올랐다. 가자지구와 시리아에서, 레바논과 남수단에서 우리의 이야기를 들어달라고, 외면하지 말아달라고 희구하는 듯 기꺼이 카메라 앞에 섰던 사람들을 사진에 담던 때처럼…… 그 순간, 어디로도 갈 수 없다고 단정했던 시간이 생각보다 길어졌다는 것을 그녀는 아픈 마음으로 깨달았다.

아코디언 연주가 끝났다. 그제야 그녀는 정신을 차리고 스케치북을 더 높이 들어올렸다. 그녀와 나스차는 한눈에 서로를 알아보았다. 스케치북을 발견한 나스차가 료샤와 리디아를 데리고 그녀 쪽으로 걸어올 때부터 그녀는 환영의 의미로 미소를 지어 보였다. 그들이 곧 그녀에게 다가와 인사를 건네자, 그때껏 곁에 서 있던 베로니카는 행운을 빈다는 말을 남긴 뒤 자신을 필요로 하는 사람을 찾아 역사 안쪽으로 들어갔다.

곧바로 이동할 수는 없었다. 우크라이나 정부로부터 특별 허가를 받아 잠시 국경을 넘어오긴 했지만 료샤는 다시 르비우행 기차에 올라야 했기 때문이다. 나스차와 리디아는 료샤가 떠나면 그녀와 함께 바르샤바로 가서 런던행 비행기에 탑승할 예정이었다.

료샤와 나스차의 긴 포옹이 끝났을 때, 그녀는 그들에게 사진을 찍어주고 싶다고 말했다. 그녀의 제안에 료샤가 자신의 휴대전화를 그녀에게 건넸고 세 사람은 그녀 앞에서 포즈를

취했다. 촬영 버튼을 누를 때마다 조금씩 표정이 달라지는 휴대
전화 화면 속 세 사람이 그녀를 웃게 했다. 사진을 찍는 사람은
그녀였지만, 그녀는 그들의 눈에도 그녀의 한순간이 포착되어
그들 각자의 기억 속 필름에 기록되리란 걸 알 수 있었다.

그것을 안다는 것이, 그녀는 좋았다.

제냐, 참 이상하지?

거울 속 내 얼굴과 몸은 흘러간 세월을 숨김없이 증명하는데, 누구도 아닌 나 자신이 착실하게 그 세월을 지나왔는데도, 나는 내가 여든아홉 살의 노인이 되었다는 게 지금도 믿기지 않아. 이렇게나 나이들었는데도 외로울 수 있다는 것이, 외로움이 무섭다는 것도, 모두. 그래서일까. 그래서 내가 혼자라는 사실을 까맣게 잊은 채 한밤중에 깨어나 집안 곳곳을 돌아다니며 누군가를 찾는 습관이 생긴 걸까.

라리사, 오늘밤 내가 찾은 사람은 라리사였어.

식탁에 앉아 공책에 거기까지 썼을 때 멀리서 공습 사이렌이 울리기 시작했다. 그녀는 안경을 벗은 뒤 몸을 외로 틀고는, 일주일 전부터 난방시설 파괴로 가스가 끊긴 아파트 내부를 찬찬히 둘러봤다. 수납함과 식기장, 거실 창가 쪽의 소파와 티 테이블, 버드나무를 심은 화분과 들꽃을 담은 화병이 모두 얇은 살얼음에 뒤덮인 듯 차가워 보였다. 새삼 나스차가 그리웠다. 나스차가 곁에 있었다면 예전처럼 손을 맞잡고 지하실의 식량 창고로 내려갔을 텐데, 라고 생각하니 더더욱. 나스차를 영국으로 보내고 혼자 돌아온 료샤가 휴대전화로 보여준 사진—폴란드 국경도시에 도착한 나스차와 료샤, 그리고 나스차의 여동생이 함께 찍힌 사진이었다—이 떠올랐다. 그녀에게는 휴대전화가 없으므로 그 사진을 다시 보려면 아침까지 기다렸다가 료샤에게 부탁해야 할 터였다.

죽기 전에 아기를 만나고 싶었는데……

그녀는 낮게 중얼거렸다. 나스차가 아기를 가졌다고 밝힌 순간부터 그녀는 아기와 만나게 될 그날을 기다렸다. 날마다 성당에 가서 기도도 했다. 아기를 한 번만 품에 안아볼 수 있다면 그날 바로 목숨을 거두어가도 된다는 기도였다. 신이 아기가 성장하는 것까지 볼 수 있는 기회를 준다면 아기에게 할 수 있는 모든 걸, 그야말로 한줌의 후회 없이 다 해주고 싶었다. 나스차의 아기는 제냐의 현신일 리 없고 그런 믿음이 어리

석다는 걸 알면서도 그녀는 아기와 제냐를 겹쳐 생각하는 걸 도무지 그만둘 수 없었다.

그녀가 다섯 살 때 태어난 제냐는 고작 삼 년을 살았는데 제냐와 함께 사는 그 짧은 시간 동안 삼분의 일 가까이 배를 곯았다. 단순한 배고픔이 아니었다. 몸안을 순환하는 피의 속도가 느려지고 장기가 수축하는 게 느껴지던 물리적인 배고픔이었다. 눈을 깜빡이고 숨을 내쉬는 것조차 힘에 부쳤음에도 상상 속 음식이 불러오는 감각은 혀끝에서 맹렬하게 들끓던 가혹한 배고픔이기도 했다. 매 순간 허기를 예리하게 의식해서인지 그때는 하루가 한 달 같고 일 년 같았다. 아니, 때로는 전 생애 같기도 했다. 지금도 그녀는 그 도시를 떠올리면 몸이 먼저 추워지곤 했다. 그곳에 갇혀 있었던 이 년 넘는 시간 동안에도 계절은 바뀌었을 테고 날씨는 날마다 변화했을 텐데 그때는 끊임없이 겨울만 이어졌다는 착각을 떨쳐내기 힘들었다.

오랫동안 그녀는 그 도시의 봉쇄가 어느 노인의 죽음으로 시작됐다고 믿었다. 엄마와 배급을 받으러 가는 길에 앞서 걸어가던 노인이 갑자기 멈춰 서더니 더이상 움직이지 않았는데, 어린 그녀의 눈에 그는 방전된 인형 같기도 했고 정지 화면에 갇힌 배우 같기도 했다. 엄마의 손을 붙잡고 노인을 지나쳐가면서도 그녀는 여러 번 노인 쪽을 돌아봤지만 그녀의 눈에만 노인이 보이는 양 아무도, 엄마조차, 노인에게 다가가거나 말을 걸지 않았다. 그리고 이튿날엔 더 놀라운 장면을 목격하게 됐는데 노인이 그 거리, 그 자리에 똑같은 자세로 서 있었던 것이다. 밤새 눈이 내린 탓에 노인의 모자와 코트, 구두에 눈이 소복이 쌓여 있었다는 게 전날과의 차이라면 차이였다. 물론 그때는 영양실조 상태에서 길을 걷다 숨이 멎은 노인이 추운 날씨 때문에 부패 없이 그대로 얼어버렸다는 것을, 그 생리적인 변화를 그녀는 이해하지 못했다. 그녀에게 체감된 변화는 그날 이후 톱밥이 섞인 빵마저 배급받지 못했다는 것, 도시 안의 모든 사람들이 서서히 죽어가는 상태가 되었다는 것, 그뿐이었다. 어른들은 말했다. 봉쇄가 풀릴 때까지 어떻게든 버텨야 한다고, 레닌그라드 시민은 결국 승리할 거라고, 아이와 여자에게 먼저 먹을 것을 나눠주자고도…… 그러나 그런 말을 할 줄 알던 어른들도 금세 자취를 감추었다. 사람들이 말과 개와 고양이뿐 아니라 쥐와 벌레까지 잡아먹어야 하는 시기가 곧 도래했으니까. 쥐와 벌레마저 보이지 않으면 가죽으로 만든 가방이나 채찍을 오래오래 끓여 나눠 먹어야 했던 때이기도 했다.

몸이 약했던 작은언니는 봉쇄가 시작되고 얼마 안 가 세상을 떠났지만 제냐는 그래도 일 년 넘게 버텨주었다. 그애가 지상에서 마지막으로 먹은 음식은 감자 반쪽을 으깨어 만든 수프였는데, 쥐가 반을 먹어치운 말라비틀어진 감자를 선반 안쪽 그릇 뒤에서 발견한 엄마는 그대로 주저앉은 채 한참을 울었다. 그 감자 반쪽으로 수프를 만들어 그녀와 제냐만 몰래 데려다가 먹일 때도 엄마의 눈동자가 젖어 있었다는 걸 그녀는 오랫동안 기억했다. 그날 그녀는 수프를 한 방울도 빼앗기지 않겠다는 듯 두 손으로 접시를 악세게 잡고는 바닥까지 혀로 핥아댔지만 제냐는 그렇게 하지 못했다. 목에 이미 힘이 빠져 있었으니까. 그녀는 제냐가 남긴 수프를 노려보다가 엄마가 제지할 틈도 없이 잽싸게 접시를 가져와서는 그야말로 순식간에 먹어치웠다. 그토록 그악스럽게 욕심을 부려봤자 배고픔은 이튿날부터 새롭게 시작되리란 것을 알지 못한 채……

제냐가 떠난 건 그날로부터 일주일 정도가 지난 뒤였다. 세 살이 아니라 불과 몇 달 전에 태어난 아기 같은 몸으로 제냐는 떠났다. 엄마는 둘째 딸처럼 막내아들도 깨끗한 옷을 입혀 성당 마당에 묻고 싶어했지만 아빠와 오빠의 생각은 달랐다. 그들에게 제냐는 언제 다시 시작될지 모르는 배급에 필요한 머릿수 중 하나에 불과했으니까. 결국 비닐에 싸인 제냐의 몸은 옷장 안에 갇히고 말았는데, 그것을 견디지 못한 엄마도 불과 두 달 후 굶주림에 패배했고 제냐처럼 옷장 안 네모난 어둠 속에서 살과 피, 목소리와 눈동자, 숨결의 감각과 머릿결의 냄새를 하나하나 잃어가야 했다.

심리적으로 불안했던 오빠 대신 전장에 나갔다가 집에 돌아온 큰언니는 두 번 절망했다. 엄마와 여동생, 그리고 막냇동생이 굶주림으로 죽었다는 것에 한 번, 엄마와 막냇동생은 배급을 위해 시신이 부패할 때까지 옷장 안에 방치됐다는 것에 또 한번. 절망한 언니는 유일하게 남은 동생인 그녀만 데리고 그 집에서 나왔고, 그뒤로 아빠와 오빠와는 다시는, 평생 동안, 연락하지 않았다.

그래, 맞아, 라리사는 너의 큰누나야. 너는……

그녀는 공책에 쓰는 대신 그렇게 속삭였다.

너는 언니를 기억하지 못할 거야. 언니는 네가 태어나고 불과 이 년 뒤에 입대했으니까.

나는 지금도 곰곰이 생각해보곤 해. 우리 가족 중 가장 불행했던 사람은 누구였을까, 하고. 처음엔 굶주림을 견디지 못한 작은언니와 너, 그리고 엄마 중 한 명이라고 생각했지만 지금은 아냐. 가족 중 유일하게 전장에 나간 것도 모자라 죽는 날까지 스스로 만든 지옥에 갇혀 있어야 했던 큰언니야말로 너무도 큰 형벌을 짊어졌던 거야.

그녀는 창가 쪽으로 걸어가며 키가 컸던 언니를 떠올려보았다. 키가 크고 체격도 다부져서 걸어가는 모습만 봐도 든든했던 언니를…… 헛수고였다. 아무리 애써도 젊고 씩씩했던 언니가 아니라 요양원의 낡은 철제 침대에서 하루종일 창밖만 바라보던, 해쓱한 얼굴의 언니만 머릿속을 채울 뿐이었다.

언니는 요양원에서 이십 년 가까이 투병하다 죽었다. 도시가 봉쇄되기 직전인 열일곱 살의 소녀로 입대해서 스물한 살의 앳된 어른으로 돌아와선, 그녀를 돌보기 위해 결혼도 하지 않고 공장에서 금속 닦는 일만 하며 살다가 쉰 살이 되기도 전에 생을 마감했던 것이다. 언니는 그녀가 다 자라서 성인이 되자 그제야 아프기 시작했다. 언니의 몸안에 잠복해 있던, 환청을 듣게 하고 발작을 일으키는 나쁜 세포들이 그녀가 어른이 될 때까지 인내하며 기다리기라도 했다는 듯이.

"바보가 되면 좋겠어."

그녀가 요양원을 찾은 날이면 언니는 말하곤 했다.

어떤 날엔 봄 한철만 살면 되는 나비가 되고 싶다고도 했고, 또다른 날엔 단 하루를 사는 벌레여도 족하다고 했다. 잊을 수만 있다면, 내가 죽인 사람들을 다 잊고 살 수만 있다면, 속삭이면서.

세탁병으로 입대하여 연락병으로도 활동하던 언니가 저격

수가 된 건 전쟁 막바지였다고 했다.

"가장 끔찍한 건 전쟁중에 수백 번 총을 쐈는데 그중 몇 명이나 명중했는지 나도 모른다는 거야. 적어도 수십 명은 되겠지. 아니, 백 명이 넘을지도 몰라. 다들 청년이었을 텐데. 그들의 지갑엔 부모님의 사진이, 아니면 애인이나 어린애의 사진이 들어 있었을 텐데."

그런 말을 할 때면 언니의 목소리는 어김없이 떨렸고 그뒤엔 발작이 이어지곤 했다.

인정하고 싶지 않았지만, 그녀는 조금씩 언니의 병에 지쳐갔다. 요양원에 식재료를 대주던 한 남자와 가까워진 이후부터 그녀는 언니를 떠날 계획을 세웠는데, 돌이켜보면 그 계획은 그전부터 작동하고 있었던 것도 같았다. 언니가 없는 곳으로 떠나고 싶다는 마음은 그녀 자신도 알 수 없는 시점부터 시작됐으니까.

"나는 지금도 총을 쏘고 있어. 허공에 세워둔 나 자신에게 말이야. 옥사나, 너는 나처럼 살지 마."

그를 따라 그의 고향인 이곳으로 이주하기 전, 언니는 그녀의 손을 잡은 채 숨이 희박하게 남은 쉰 목소리로 말했다.

"그저 즐겁게 살아줘. 마음껏 사랑하면서."

바라는 것은 오직 그뿐이라고 절박하게 덧붙이며. 그 말은 언니가 남긴 유언이 되었다. 우크라이나에 도착해 그녀가 가장 먼저 들은 언니의 소식은 부고였던 것이다.

폭격 소리가 들리면서 천장이 흔들리더니 이내 전등이 꺼졌다. 창가로 걸어가자 하늘 끝까지 하염없이 피어오르는 부채꼴 모양의 검은 연기 기둥이 시야에 들어왔다. 너무도 거대하고 너무도 까매서 지하에서 뿜어져나온 원혼의 입김인 양 비현실적이었지만, 동시에 누군가가 죽었거나 다쳤다는 것을 알려주는 지극히 현실적인 신호이기도 했다. 그녀는 비상시를 위해 미리 꺼내놓았던 양초에 불을 밝힌 뒤 다시 식탁으로 돌아갔다. 지하 식량 창고로 내려가지는 않았다. 혼자 계단을 내려갈 자신이 없었을뿐더러 그곳에서 료샤를 기다리며 어둠을 견딜 시간이 두려웠다.

다시 전쟁을 겪을 줄 몰랐는데. 그녀는 카자코바 부인이 주고 간 숄을 어깨에 두르며 생각했다. 지금껏 전쟁을 겪고 있는 자신이 진정 가장 큰 형벌을 받은 거라고도…… 강한 사람으로 살아남아 또다시 전쟁 속에 버려진 운명이 그녀는 미웠다. 그악스럽게 제냐의 수프를 뺏어먹었지만 이튿날 평소보다 더 큰 허기에 괴로워했던 어린 시절의 어리석음이 삶에 복수를 하고 있다는 생각이 들 정도로. 그런데……

나는 무엇을 그리 잘못했던가.

알 수 없어서, 그녀는 뚫어지게 허공만을 응시했다. 마치 허공이 빚은 천국의 환영이 눈에 보인다는 듯이.

나는 이곳에서 혼자 죽겠지만 적어도 너는 혼자가 아니라는 것, 지금 내게 그보다 더 큰 위로는 없을 거야.

잠시 뒤 그녀는 식탁 위 촛불에 기대어 천천히 공책에 이어 썼다.

혹여 라리사를 만났다면, 언니를 기적처럼 알아봤다면, 그녀의 뺨에 키스를 해주겠니?

잊지 마, 제냐.

내가 아직 이 세상의 숨을 쉬고 있는 건 너를 위해서란 걸, 너의 이름을 부르고 기억하기 위해 살아왔다는 걸, 그러니까 네가 나를 살게 했다는 걸……

제냐, 잊지 말아줘.

거기까지 썼을 때 촛불이 꺼졌다. 그녀는 어둠 속에 남아 더 이상의 폭격이 없기를 기도했지만 어김없이 쾅, 하는 소리가 들려왔고 소방차가 지나가는 소리도 뒤따랐다.

그렇게나 기도했는데, 날마다 기도하고 또 기도했는데, 오, 하느님.

옥사나는 모은 두 손에 얼굴을 묻고는 울먹이며 속삭였다.

기도가 끝나기도 전에 또다시 외로워졌다.

긴 통로라는 것만 알 뿐, 바닥은 좀처럼 가늠되지 않는 우물 같은 외로움이었다.

2023년 2월 24일

지유를 품에 안은 채 중탕해놓은 모유를 분유통에 담아 먹이는데 지유의 몸에서 열이 느껴졌다. 열 탓인지 지유는 분유통의 고무 꼭지를 제대로 물지 못하는 듯했고 양껏 먹지 않았으며, 민영이 트림을 유도하기 위해 등허리를 쓰다듬어줄 땐 묽은 토를 하기도 했다. 지유 같은 아기는 면역 체계가 아직 완성되지 않아 균에 취약하고 잔병에도 잘 걸린다는 걸 알면서도 민영은 겁이 났다. 약상자에서 체온계와 시럽 형태의 해열제를 꺼내며 이럴 때 어떻게 해야 하는지에 대한 매뉴얼을 떠올려보려 애썼지만, 생각은 오직 하나의 가능성—자신의 잘못된 선택이나 실수로 지유의 상태가 더 안 좋아지는 가능성으로 수렴될 뿐이었다.

아니, 상상은 훨씬 가혹한 곳을 향해 멀리 뻗어가고 있었다. 평소에도 민영은 내리막길에서 지유가 탄 유아차의 손잡이를 놓친다거나 달려오는 자동차를 피하지 못해 지유를 보호하지 못하는 상황을 상상하며 몸서리치곤 했다. 집안에서도 마찬가지였다. 잠시 한눈을 판 사이 지유가 침대나 소파에서 떨어지는 장면이라든지 발코니의 철제 난간 틈새로 얼굴을 내밀어보다 몸까지 쑥 빠져나가는 장면을 상상할 때면 상상만으로도 민영은 가슴이 무너지는 것 같았다.

지유의 체온은 38.9도였다. 시간을 확인하니 저녁 여덟시였는데, 지금쯤 기자실에서 인터뷰를 하고 있을 승준에게는 선뜻 전화를 걸 수 없었다. 나스차와의 마지막 인터뷰라고 했다.

지유는 해열제를 먹으려 하지 않았고 가까스로 삼킨 적은 양의 해열제마저 게워내며 얼굴이 빨개지도록 울었다. 불편하고 화가 났다는 걸 온몸으로 표현하는 지유를 안고 일어난 민영은 수없이 거실을 오갔다. 마치 그렇게 하면 자신과 지유의 체온이 섞여서 평균이 될 수 있다고 믿는 듯이. 한 시간여가 지난 뒤 민영은 다시 지유의 귀에 체온계를 갖다댔다. 이번엔 39.5라는 숫자가 액정에 떴다. 지유의 이마는 열로 붉었고 눈동자에는 초점이 없었다. 팔과 다리는 평소보다 뻣뻣한 듯했고 경련을 일으키기도 했다.

가장 가까운 소아 응급실은 택시로 십오 분 거리에 있었다. 민영은 승준에게 지유를 데리고 응급실로 간다는 문자메시지를 남긴 뒤 기저귀와 물티슈, 보온병, 수유가 어려울 때 종종 타 먹이곤 했던 분유를 정신없이 천 가방에 욱여넣었다. 휴대전화 앱으로 택시를 불렀지만 오 분이 지나 십 분이 넘도록 택시는 잡히지 않았다. 민영은 지유를 아기 띠로 가슴에 안은 뒤 그 위에 코트를 덮었고 가방을 어깨에 메고는 일단 밖으로 나갔다. 가는 비가 내리고 있었다. 우산을 챙기러 다시 아파트로 들어갈 마음의 여유가 없었으므로 민영은 지유를 덮은 코트를 더 단단히 여민 뒤 대로 쪽으로 허둥지둥 걸어갔다.

비 내리는 금요일 저녁이어서인지 빈 택시는 좀처럼 눈에 들어오지 않았다. 지유가 다시 울었고, 그녀도 울먹였다. 마침 초록색 예약 불을 단 채 다가오는 택시가 있었는데, 그 택시를 부른 듯한 젊은 커플이 서로 무슨 말인가를 주고받더니 여자가 민영 쪽으로 걸어왔다. 여자는 민영에게 우산을 씌워주며 혹시 택시를 기다리느냐고 물었고 민영이 얼결에 고개를 끄덕이자 택시 쪽으로 안내했다. 남자는 택시 뒷문을 연 상태로 민영을 기다리고 있었다. 민영 쪽을 돌아보며 목적지를 묻는 기사에게 민영이 소아 응급실 이름을 댄 순간 커플은 택시 문을 얌전히 닫아주었다. 민영은 그들에게 고맙다는 말도 제대로 하지 못한 채 바로 출발한 택시 안에서 다시 지유를 품에 꼭 안았다.

소아 응급실에 도착한 뒤엔 접수부터 했지만 환자가 많은지 삼십 분 이상 대기해야 한다는 안내를 받았다. 승준이 응급실에 도착한 건 지유가 간단한 검사를 받은 뒤 수액을 맞고 있을 때였다. 우산도 없이 한참을 뛰어왔는지 외투에서는 찬기가 느껴지는데 숨은 뜨거웠고 머리칼과 어깨, 구두는 빗물에 젖어 있었다.

지유가 수액을 맞는 동안 민영은 승준과 함께 대기실의 플라스틱 의자에 앉아 기다림을 견뎠다. 문득 지유가 그녀의 살가죽 아래에서 처음 발길질을 했던 날이 떠올랐다. 혼자 소파에 앉아 출산 경험자의 블로그 글을 읽고 있을 때였다. 몸안에 다른 생명체가 있다는 것에 동물적인 이물감이 밀려오긴 했지만 가슴속은 뜨겁게 일렁였다. 외로웠는데, 평생 그렇게 외로울 줄 알았는데…… 속삭이고 나서야, 민영은 딱딱한 돌덩이 같았던 외로움이 그 뜨거움에 녹아내리는 걸 느꼈다.

열네 시간의 진통 끝에 지유를 품에 안았던 순간도 연이어 떠올랐다. 분만실로 불려온 승준이 탯줄을 자르자 간호사가 지유를 포대기로 감싸서 민영의 가슴 위에 올려주었다. 지유는 눈도 못 뜬 채 양수에 부은 얼굴로 계속 울기만 했지만 민영이 꽉 쥔 그 작은 주먹을 조심스럽게 잡아보자 잠시 울음을 그치고는 이제 막 도착한 세상의 냄새를 맡는 듯 콧방울을 크게 부풀리기도 했다. 호기심과 긴장감이 섞인 듯한 그 짧은 탐색의 순간은 오직 민영만이 감지할 수 있었다. 통증이 아직 몸을 지배하고 있었고 피로함은 극도에 달해 있었지만 그 순간 민영은 항복하듯 웃고 말았다.

"미안해, 이런 날에 혼자 있게 해서."

승준이 민영의 한쪽 어깨를 감싸며 말했다.

"……인터뷰했잖아."

"그래도……"

"인터뷰는 어땠는데?"

"나스차는 여동생이랑 영국에 잘 도착했대. 잘 도착하긴 했는데……"

이상했다. 승준이 말을 멈춘 건 아주 짧은 순간일 텐데도 민영은 그 시간이 오래된 필름처럼 아주 길게 늘어진 것 같은 착각에 빠졌다. 느린 속도로 조정된 화면 속에 들어와 있는 듯 대기실 유리문 밖에서 내리는 빗줄기가 각각의 동그란 빗방울로 보일 정도였다.

"……잘 도착하긴 했는데 여정이 피곤했는지 나스차가 좀

아팠나봐. 다행히 바로 병원에 가서 산모에게 맞는 약을 처방 받았고 지금은 많이 회복됐대. 근데, 당신 왜 그래? 지금, 울어?"

승준의 말에 그제야 민영은 뺨을 타고 흘러내리는 눈물을 손등으로 마구 닦았다.

"지유는 괜찮을 거야."

"아니잖아."

"뭐?"

"나스차도 나왔고 아기도 잘못된 게 아니었잖아. 왜 사람 놀라게 해, 왜!"

승준은 민영의 말을 한 번에 이해하지 못한 듯 두 눈만 크게 끔벅였고, 마침 간호사가 지유의 보호자를 찾으면서 두 사람 은 동시에 자리에서 일어났다. 잰걸음으로 응급실 안으로 들 어가니 의사가 침대 옆에서 기다리고 있다가 지유의 상태를 알려주었다. 소변검사와 피검사를 해봤는데 염증 수치가 높게 나왔다고, 지유 또래의 아이들에게 흔히 나타나는 요로감염으 로 판단된다고 의사는 말했다. 지유는 며칠 입원해 치료를 받 아야 한다고도 했다.

지유는 곤히 잠들어 있었지만 민영이 상체를 숙여 그 손바 닥에 손가락 하나를 가만히 올려놓자 힘주어 잡아주었다. 민영은 순간 삶이라는 높은 대지에 손가락 하나를 걸치고는 힘껏 매달려 있는 자신의 모습이 그려졌다. 지유가 민영을 붙들었다. 삶이 바로 이곳에 있다는 말을 대신하며, 우리가 함께 살아 있다는 것이 가장 중요하다는 말을 하고 싶다는 듯……

그래, 알아.

승준이 지유가 깨지 않도록 그 머리를 조심조심 쓰다듬는 걸 바라보며 민영은 속삭였다.

이제야……

조금은 그걸 알 것 같아.

4부

2024년 2월 14일

    민영이 작은 방에서 최근에 받은 원고를 편집하는 동안 승준은 지유를 씻기고 타월로 몸을 닦은 뒤 머리칼을 빗겨주었다. 외출 준비가 순조롭게 진행된다고 안심한 것도 잠시, 옷을 고를 때 작은 실랑이가 생겼다. 한파는 끝났지만 아직 바람 끝이 찬데도 지유는 작년 가을 할머니에게서 선물받은 얇은 원피스를 입겠다고 고집을 피웠다. 소매가 볼록하고 단추는 모조 진주로 장식된 베이지색 원피스였다. 스스로 습득한 몇 개의 발음으로 그 옷을 입겠다는 뜻을 굽히지 않던 지유는 아빠의 단호한 거절과 맞닥뜨리자 곧바로 울음을 터뜨렸다. 지유의 울음소리에 방에서 나온 민영이 지유를 안으며 다독였고 승준은 민영에게 손짓으로 상황을 설명한 뒤 식탁에 가 앉았다.

식탁에 둔 태블릿 피시의 화면을 켜자 권은의 사진집 출간 기념 북 토크를 알리는 웹페이지가 떴다. 북 토크가 열리는 장소는 경기도 남쪽에 새로 생긴 미술관이었는데, 그곳에서는 한 달 전부터 권은의 사진 전시회도 진행되고 있었다.

지난주, 승준은 미술관에 이미 한 번 다녀왔다. 취재로 외근을 나갔다가 회사로 돌아가는 길에 미술관 쪽으로 차를 돌린 건 충동적인 행동이었지만, 왜 진작 미술관에 가볼 생각을 못 했는지 후회될 만큼 권은의 사진을 본다는 것에 마음이 들떴다. 앤솔러지 필름 아카이브 객석에서 스크린에 불이 들어오기를 기다리던 순간이 떠오를 정도였다.

미술관 일층에 위치한 기념품 상점에서는 그 주에 출간된 권은의 사진집도 판매하고 있었다. 그는 그곳에 들러 사진집 두 권을 산 뒤 이층으로 올라갔다. 권은의 사진은 두 개의 전시실에 나누어 걸려 있었는데, 첫번째 전시실엔 권은이 스물아홉 살 때부터 육 년여 동안 분쟁 지역에서 찍은 다큐멘터리 사진들이 모아져 있었다. 미사일 조각 위에 앉아 수줍게 카메라를 응시하는 시리아의 아이들, 폐쇄된 지하철 역사의 그을린 벽을 배경으로 서로를 끌어안고 있는 레바논의 연인, 석양을 등진 채 물웅덩이에서 식수를 뜨는 남수단의 어느 대가족, 가자지구와 이집트 사이에 있는 라파 검문소 근처에서 서로에게 기대어 잠든 엄마와 딸, 그리고 그 모든 사진에서 발견되는, 물질처럼 움직이는 빛…… 오래전 권은에 대해 알아보기 위해 컴퓨터 화면으로 보았던 사진들을 실물로 접하니 그 모든 곳에서 앵글을 맞추고 빛을 조절한 뒤 셔터를 누르는 그녀가 실재했다는 것이 새삼 그의 마음속에서 고요한 파동을 일으켰다.

두번째 전시실은 권은이 개인적으로 찍은 사진들로 채워져 있었다.

'살마의 기도'라는 제목이 붙은 사진 속 소녀—나뭇가지가 무성한 올리브나무 앞에서 무릎을 꿇고 기도하는 그 소녀는 열다섯 살의 살마일 터였다. 높이 떠오른 구름과 구름 사이 환한 태양이 살마를 호위하는 것 같은 사진의 구도는 그 나무 아래가 살마의 남동생이 묻힌 곳임을 짐작하게 했다. 승준도 이제 그 삶의 일부를 조금은 알게 된 애나와 생전의 콜린도 사진으로 확인할 수 있었다. 돋보기안경을 걸친 채 정원 테이블에서 책을 읽는 애나와 젊은 시절의 좋은 날을 떠올리기라도 한 듯 요양원 침대에 꾸부정히 앉아 슬며시 웃고 있는 콜린, 그리고 그 옆에 바로 이어진 사진—런던의 어느 묘지공원에서 치러진 콜린의 장례식 사진을 승준은 시간을 들여 차례로 들여다봤다. 갓 태어난 딸을 안은 환자복 차림의 나스차와 그 곁에서 눈물을 글썽이는 리디아도 보였다. 그 사진의 제목인 '디아나의 첫 피크닉'은 나스차가 쓰고 있는 그림책 원고의 제목이기도 했다. 카메라를, 아니 카메라를 들고 있는 권은을 바라보는 웨딩드레스 차림의 살마는 더없이 아름다웠다. 풀숏으로 찍은 결혼식 사진에서는 모두가, 신부와 신랑뿐 아니라 애나와 나스차, 리디아, 그리고 살마와 딜런의 친구들이 더없이 환하게 웃고 있었는데 보는 사람을 따라 웃게 하는 웃음이었다. 두번째 전시실에서 그가 마지막으로 본 건 여러 장의 사진을 한 프레임에 편집해 담은 독특한 사진이었다. 사진에 대한 설명을 읽고 싶어 승준은 사진집을 펼쳤다. 다행히 사진집에는 그 사진과 사진에 대한 권은의 설명이 실려 있었다. 권은은 이렇게 썼다. '각기 다른 공간에서 찍은 후지사의 반자동 필름 카메라는 열두 살의 내게도 살 자격이 있다는 걸 알려준 사물이다. 다큐멘터리 사진가로 촬영을 떠나기 전날이면 이 필름 카메라를 한 장씩 찍으며 내가 왜 사진을 찍기로 결심했고 셔터를 누르는 순간을 얼마나 사랑하는지 잊지 않으려 했다.'

일산의 북 카페 앞에서 눈을 맞고 서 있던 권은, 을지로에서 택시를 타기 전 다급하고도 간절하게 고맙다고 말했던 권은,

병실 침대에 앉아 그를 건너다보며 말을 고르던 권은, 그리고 열두 살의 권은들—그가 골목과 이어진 현관문을 연 순간 낡은 이불 속에서 가늘고 긴 목을 삐죽 내밀고는 경계의 눈빛으로 그를 건너다보았던 권은과 눈 쌓인 운동장에서 마주쳤던 권은이 그 순간 차례로 떠올랐다. 다른 차원의 시간에서 추출된 그 모든 권은이 그에게 말하고 있었다.

네가 이미 나를 살린 적 있다는 걸⋯⋯

반장,

너는 기억할 필요가 있어.

승준은 '시작'이라는 제목의 그 사진 앞에서 한참 동안 우두커니 서 있었다.

오늘 북 토크에 참석하게 된 건 인스타그램에서 홍보 피드를 발견한 민영이 먼저 제안한 덕분이었다. 미술관에 다녀온 날, 그는 권은의 사진집 두 권 중 하나를 민영에게 선물했었다. 사진집을 받은 민영은 〈사람, 사람들〉을 본 이후 권은과 알마 마이어를 자주 생각하게 되었다고 고백했다. 알마를 살린 장 베른의 악보와 권은을 방에서 나오게 한 카메라는 결국 사랑이었다는 생각이 든다고, 둘은 다른 사랑이지만 같은 사랑이기도 하다고, 한 사람에게 수렴되지 않고 마치 프리즘이나 영사기처럼 그 한 사람을 통과해 더 멀리 뻗어나가는 형질의 사랑이라는 점에서 그렇다고 덧붙이면서. 민영은 지유에게 권은의 이야기를 해주고 싶은 마음이 변하지 않았느냐고 묻기도 했는데, 그는 그 질문에 지금껏 대답을 하지 못했다. 언젠가 지유가 읽을지도 모를 글을 쓰고 있긴 하지만 그 글은 지유가 스스로 세운 행복의 기준에 따라 어디로 흘러가 무슨 일을 할지에 대해 설계를 마쳤을 때에야 건네게 되리란 것, 승준이 생각하는 건 거기까지였다.

"나스차의 딸 말이야."

용케도 지유와 합의를 본 민영이 지유에게 새 내복과 모직 바지, 스웨터를 입히며 말을 걸어왔다.

"디아나?"

"선물을 좀 보내고 싶은데, 어떻게 생각해?"

"좋지. 나스차에게 정확한 주소를 물어볼게."

대답한 뒤 승준도 곧 태블릿 피시를 끄고 외출 준비를 시작했다.

공식적인 인터뷰는 끝났지만 승준은 그후로도 나스차와 몇 번에 걸쳐 이메일을 주고받았다. 다섯 달 동안 이어진 행정 절차를 거쳐 나스차 자매는 취업이 가능한 삼 년짜리 체류 비자를 받았고 그 덕분에 리디아는 스포츠용품 마케팅 회사에 일자리를 구했다는 것, 리디아는 런던에 거주하는 우크라이나 사람들에게 영어를 가르치는 자원봉사도 하고 있는데 나스차도 그 수업을 들으며 『디아나의 첫 피크닉』을 영어로 쓰고 있다는 것, 승준은 이메일을 통해 그런 소식들을 전해들었다. 그렇다고 런던에서의 새로운 일상이 구원은 아니에요, 라고 나스차는 쓰기도 했다. 하루빨리 우크라이나로 돌아가고 싶다고, 료샤나 부모님이 한 번에 전화를 받지 않으면 가슴이 진정되지 않는다고도 썼다. 무엇보다 전쟁이 장기화되면서 우크라이나가 세상의 관심으로부터 멀어지는 것에 나스차는 걱정이 많았다. 전쟁으로 인한 물가 상승과 그 피로감을 우크라이나에서 온 난민들에게 전가하는 영국 사람들—얄궂게도 그들은 대개 나스차 자매처럼 이민자들이었다—을 대할 때, 아무도 전쟁을 완전히 끝내기 위해 나서지 않는다는 것을 절감할 때, 목이 졸리는 듯한 두려움에 잠식된다고도……

승준도 서울에서의 소소한 변화를 나스차에게 알리곤 했다. 편집국장이 병가를 내면서 그가 일 년 동안 그 역할을 대행하게 되었다고 밝히자 나스차는 그의 임시 승진을 함께 기뻐했다. 새로운 출판사를 등록해 다시 일을 하기 시작한 아내의 도전과 어린이집에 다니게 된 딸의 소식을 전했을 때는 자신과 디아나의 미래를 보는 것 같다며 유독 관심을 보이기도 했다.

신상 변화나 일상의 이야기와는 무관한 애도의 이메일을 받은 적도 있었다.

옥사나는 혼자예요.

작년 10월, 나스차는 이메일에 썼다.

나는 내가 아는 모든 사람들에게 옥사나라는 여성이 한때 이 세상에 살았다는 것을, 소중한 흔적 하나를 남겼다는 것을 알리고 싶어요.

이메일은 그렇게 끝났지만 그 문장들을 다 쓴 뒤에도 나스차가 한동안 흐느꼈을 거라고 승준은 짐작했다.

"됐다. 슬슬 출발하자."

민영의 말에 승준도 외투와 자동차 키를 챙겼다.

"책은 어때? 잘될 것 같아?"

주차장에서 나올 때 승준이 묻자 민영은 글쎄, 대답하며 고개를 갸웃했다. 민영이 출간을 준비하는 첫 책은 인디 뮤지션의 에세이였다. 부모와의 불화, 여러 번에 걸친 가출, 실연과 방황, 그리고 그 과정을 거쳐 탄생한 여러 자작곡에 대한 뮤지션의 술회가 담긴 원고라고 승준은 들었다.

"책도 사람이랑 똑같아. 미래도 운명도 알 수 없어. 그치만⋯⋯"

"⋯⋯"

"그치만, 나는 이 원고가 마음에 들어. 책이 되기 전부터 좋아하게 됐어."

민영이 여전히 아버지와 화해하지 않았으며 앞으로도 그럴 마음이 없다는 것을 잘 아는 승준으로서는 그 원고의 내용이 민영의 마음속에서 어떤 파장을 일으켰을지 조금은 알 것 같았다. 그렇다고 민영에게 아버지를 이해하라는 식의 말은 언제까지고 하지 않을 생각이었다. 애쓰지 말라고, 차라리 아버님의 뻔뻔함을 마음껏 미워하라고. 언젠가 지유가 잠든 사이 함께 맥주를 마시며 그런 얘기만 했을 뿐이다.

그들이 미술관에 도착했을 때 날은 이미 어둑해져 있었다.

북 토크가 예정된 일층 로비엔 객석과 단상, 작은 테이블이 마련돼 있었다. 승준은 전시와 북 토크에 대해 설명해놓은 팸플릿—팸플릿엔 누나를 잃은 가자지구의 그 소년들 사진이 프린트되어 있었다—두 장을 가져와 그중 하나를 민영에게 건넸다.

"왜, 초조해?"

민영이 물었다.

"그래 보여?"

"초조하면 두 손으로 괜히 무릎을 쓸잖아. 몰랐어?"

"……그랬나."

"그나저나 지유가 북 토크 때 떼쓰거나 울면 어쩌지?"

"내가 지유 안고 좀 걷다 올게. 그 사이에 잠들면 더 좋고."

말한 뒤, 승준은 민영의 다리 위에 앉아 헝겊 인형을 들었다 놨다 하며 혼자만의 언어로 옹알이를 하는 지유를 안고 의자에서 일어났다.

미술관은 외관 전체가 유리로 되어 있어서 어두운 대기와 그 어둠을 작은 점의 형태로 지워나가는 하얀 눈송이가 다 보였다.

"압빠, 누, 누눈!"

지유는 띄엄띄엄 흩날리는 눈송이를 바라보며 신나했고 그는 지유의 동그란 뺨에 입을 맞추었다.

문득 권은의 방을 나와 좁은 내리막길을 따라 걷던 순간들이 떠올랐다. 주황빛의 가로등도, 골목 사이로 급하게 사라지던 꼬마들도, 공동 화장실의 부서진 문짝과 그 사이로 살짝 보이던 더러운 변기도, 심지어 공터에 화난 짐승처럼 잔뜩 웅크리고 있던 불도저도 도무지 이 세상의 풍경 같지 않게 흐릿하게 번져 있곤 했던 순간들…… 산비탈에 시멘트와 판자로 대충 지어진 집들은 그나마도 반 이상 헐린 상태였다. 그 구역을 벗어나 차도에 닿으면 마치 투명한 터널이라도 통과한 듯 훼손되지 않은 건물들과 불 밝힌 상점들이 나온다는 게 그는 매번 믿기지 않았다. 집 근처에 다다를 즈음엔 혼자서 허기와 추위를 감당해야 하는 권은을 폐허가 되어가는 그 동네에 버려두고 온 것 같다는 생각이 밀려왔고, 자신이 고작 열두 살이라는 사실이 답답했다.

돌이켜보니 그래서였다. 생각나는 대로 이것저것 챙겨 권은의 방으로 가곤 했던 건.

반장 때문에 권은이 죽었다는 반 아이들의 상상 속 목소리가 무서웠던 것도 맞지만, 권은의 방에서 나와 혼자 집으로 돌아가는 길이면 그는 다음번 권은에게 갖다줄 무언가를 이미 정해놓곤 했다.

일요일 오후, 아무도 없는 눈 쌓인 학교 운동장에서 웅크려 앉은 권은의 뒷모습을 발견한 날도 뒤이어 떠올랐다. 조금씩 다가가자 눈길 위에 난 누군가의 발자국에 한때 아버지의 것이었던 그 카메라를 들이대고 있는 그녀가 온전히 시야에 들어왔다. 뭐해? 그건, 학교에 돌아온 그녀에게 그가 처음 건넨 말이었다. 권은이 카메라에서 눈을 떼며 그를 올려다보더니 뚱한 목소리로 되물었다. 너는 왜 학교에 왔는데? 집에 손님이 왔는데 갈 데가 없어서. 근데 여기서 뭐하는 거야? 권은은 대답 대신 손짓으로 자기 옆에 앉아보라는 표시를 해 보였다. 그가 주춤거리다 옆에 앉자, 테두리가 흐릿해지고 있는 발자국을 손가락으로 가리키며 권은이 말했다. 발자국 안에 빛이

들어 있어. 빛을 가득 실은 작은 조각배 같지 않아? 어, 그런
가…… 여기에도 숨어 있었다니…… 뭐가? 셔터를 누를 때
카메라 안에서 휙 지나가는 빛이 있거든. 그런 게 있어? 어디
에서 온 빛인데? 그가 관심을 드러내자 권은은 그때까지 한
번도 본 적 없는 한껏 신이 난 얼굴로 그를 바라봤다.

그뒤에 그녀와 나눈 비현실적인 대화라면 이제는 애쓰지 않
아도 바로 떠올릴 수 있을 정도로 그는 기억이 돌아온 이후 그
장면을 수없이 복기했었다.

"압빠, 압빠."

지유는 다시 아빠를 찾으며 창밖을 가리켰다.

지유의 손가락을 따라간 곳엔 권은이 있었다.

북 토크 자리로 이동하던 중이었는지 빠르게 걷던 그녀도
그의 시선을 느낀 듯 문득 걸음을 멈추고는 유리 안쪽의 그를
바라봤다. 그녀는 그가 기억하는 그 모습 그대로 목도리에 얼
굴을 묻은 채 눈을 맞으며 서 있었다. 일산의 북 카페 앞에서
처럼 늘 우산을 씌워주고 싶었던 내 오래된 친구……

안녕.

그가 속으로 인사를 건네자 그의 말을 들은 양 그녀도 그에
게 눈인사를 보내왔다.

난 잘 지냈어.

......

보다시피 건강하고.

다행이다.

......사진 잘 봤어.

고마워.

정말 애썼어.

......

고생도 많았고.

......

그러니, 어서 들어와.

......

거기는 춥잖아.

그런 대화를 상상하는 동안 그녀는 다시 걸음을 옮겼고 그
도 그녀를 따라 걷기 시작했다. 출입문 앞에서 멈춰 서서 문을
열자 그녀가 곧 그가 있는 곳으로 건너왔다. 찬바람이 잠시 두
사람을 에워쌌다 물러났다.

그녀의 시선이 지유에게로 향했다.

지유구나, 라고 말하며 그녀가 알은체를 하자 지유가 뜻밖
에도 손뼉을 치며 웃었다.

이 순간이 지나면 또다시 많은 시간이 흐른 뒤에야 같은 자

리에서 마주서리란 건 중요하지 않다는 듯, 지금이 삶의 전부이기도 하다는 걸 알려주려는 듯, 아프도록 무구하게……

2024년 2월 14일

그녀는 식은 커피를 한 모금 더 마셨다. 긴장하지 않으려 했지만 마음의 가장자리부터 경직되는 게 느껴졌다.

"음……"

맞은편에서 카메라를 살펴보던 피디가 입술을 뗀 순간, 그녀는 의자를 당겨 앉았다. 피디는 주로 영상 작업을 해왔지만 필름 카메라에도 정통하다고 알려져 있었다.

"용산이랑 청계천 쪽 전자 상점은 많이 돌아봤는데, 다들 셔터 박스에 문제가 있다고 하더라고요."

그녀가 설명하자 알겠다는 듯 피디가 고개를 끄덕였다.

"오래된 기종이라 부품을 구할 수 없다고 했겠네요."

"네, 맞아요."

"충무로에도 가봤어요?"

"아뇨, 거긴 아직."

"충무로에 평생 필름 카메라만 수리해온 어르신 한 명을 알아요. 그분에게 가보면 부품을 구할 수 있을지도 몰라요. 지금 상호랑 어르신 연락처를 메시지로 보내줄게요."

말하며, 피디는 바로 휴대전화를 꺼냈다. 그녀는 카메라를 다시 가방에 넣은 뒤 피디가 보낸 메시지를 확인했다.

피디를 만난 건 이집트 북부에 위치한 난민 캠프—그곳엔 주로 가자지구에서 탈출한 팔레스타인 사람들이 머물고 있었고 한국인이 세운 학교도 있었다—로 촬영을 가기 전 단출한 사전 미팅을 하기 위해서였다. 작년 가을, 귀국 후 한창 사진집을 준비하고 있을 때 피디의 전화를 처음 받았다. 피디는 여성이 전무하다시피 한 분쟁 지역의 영상 다큐멘터리 분야에서 이십 년 넘게 활동해온 전설적인 인물이었다. 그런 사람이 자신에게 먼저 전화를 걸어와 영상 사이사이에 들어가는 이미지 컷을 찍어달라며 일을 제안하고 있다는 게 그녀는 도무지 믿기지 않았다. 휴대전화 너머에서 피디는 오래전부터 그녀의 사진을 좋아했다고, 그녀가 가편집 아르바이트를 했던 독립 프로덕션의 대표에게서 연락처를 받았다고 말했다. 그녀는 피디의 제안에 바로 함께하겠다고, 그렇게 하고 싶다고 대꾸했다. 스스로도 놀랄 만큼 한줌의 망설임 없이. 이집트 촬영에는 방송국의 후원이 있을 거라고 했는데, 그 조건도 그녀는 마음에 들었다. 촬영 조건이 잘 갖춰져 있다는 건 다리가 불편한 사진가가 방해가 될 가능성이 낮다는 의미였으니까.

"실은……"

중요한 말을 앞둔 듯 피디가 조심스럽게 말을 꺼냈다.

"실은, 난민 캠프 촬영을 마치면 혼자서라도 가자지구로 넘어갈 생각이에요."

"거긴 작년 10월부터 국경이 봉쇄됐다고 들었는데, 가능한 일이에요?"

"이집트에 이전부터 알고 지낸 평화 활동가들이 몇 명 있어요. 이스라엘 정부의 눈을 피해 가자지구로 구호품을 보내온 사람들이니 그들을 따라 움직이면 방법이 있지 않을까 싶어요. 물론 이동하다 이스라엘 군인에게 발각될 수도 있어요. 가자지구 안에서는 매 순간 위험할 테고요. 실제로 가자지구로 들어간 취재기자가 죽거나 실종되는 사례가 계속 늘고 있어요. 어쩌면 내 인생에서 가장 위험한 도전이 될지도 모르겠어요."

평화 활동가들의 후원자 중에는 이스라엘 사람들도 있다고,

그들은 전쟁을 감행하는 정부에 반발하기 위해 이스라엘 내에
서 시위를 조직하고 있으며 실제로 대규모 시위가 진행되었거
나 진행될 예정이라고, 피디는 설명을 이어갔다.

"별 탈 없이 귀국한대도 한국 외교부에서 벌금 고지서를 보
내올 가능성도 있고요. 어쨌든 허가 없이 분쟁 지역으로 들어
가는 거니까요. 그래도 어쩌겠어요, 누군가는 그 안의 사람들
이 어떻게 버티고 있는지 보여줘야죠. 영상이든 사진이든 그
걸 본 사람들이 그 순간에만 깜짝 놀라거나 아파할 뿐, 돌아서
면 바로 잊어버린대도요."

"……"

"나 같은 사람은 안 가는 게 오히려 병이 돼요. 은씨도 그렇
겠지만요."

"……저도, 그치만 저는 다리가, 그래도 괜찮다면……"

"지금은 아무것도 판단하지 말아요. 은씨에게 같이 가자는
말을 하려고 이 프로젝트를 알린 게 아니에요. 어느 날 갑자기
내가 사라지면 놀랄지 몰라 미리 말해두는 것뿐이에요. 합류
를 제안한 사람으로서 뭐랄까, 덜 혼나고 싶어서요."

피디는 코를 찡긋해 보이며 그렇게 덧붙였다.

커피숍에서 나오자 피디는 이스라엘 대사관 앞에서 열리는
반전 집회를 둘러보겠다며 광화문 쪽으로 이동했고 그녀는 지

하철을 타기 위해 시청역을 향해 걸어갔다.

살마에게서 전화가 온 건 승차장에서 지하철을 기다리고 있을 때였다. 휴대전화에 이어폰을 연결해 귀에 꽂은 뒤 통화 버튼을 누르자 살마와 애나, 그리고 디아나를 안고 있는 나스차가 한 화면에 잡혔다.

"거긴 지금 아침 아니에요? 어떻게 아침부터 다 같이 있어요?"

그녀가 신기해하며 묻자, 집 근처에서 아기용품 플리마켓이 곧 열릴 예정이라 들뜬 마음으로 모였다고 애나가 설명했다.

"한국에서 지내는 건 어때?"

"더할 나위 없이 잘 지내고 있어요. 오늘은 사진집 북 토크가 있고요."

애나와 그녀가 그런 대화를 하는 동안 디아나는 살마의 품으로 이동했다가 다시 나스차에게 돌아갔다. 얼핏 본 나스차는 안정을 찾은 듯 보였다. 나스차는 우크라이나에 두고 온 이웃 할머니의 죽음으로 한동안 힘들어했다. 할머니가 공습 때 혼자 지하 식량 창고로 피신했다가 창고 내벽이 무너지면서 죽음을 맞았다는 것에, 자신이 곁에 있었다면 막을 수도 있었을 그 죽음에 큰 부채감을 느끼는 것 같다고 살마가 알려준 적이 있었다. 그녀는 친구들의 모습을 사진으로 남기고 싶어 살마의 결혼식과 게리의 추모 전시회, 그리고 나스차의 출산까지 지켜본 뒤 여름의 끝에서야 귀국했는데, 그 이웃 할머니의 죽음은 그녀가 영국을 떠나온 뒤의 일이었다. 우크라이나로 돌아가면 성당 부지에 마련된 할머니의 묘지에 가장 먼저 들러 디아나를 보여주고 싶다고, 언젠가의 영상통화에서 나스차는 말하기도 했다.

나스차에게 안긴 디아나는 슬슬 잠이 오는지 엄지손가락을 빨며 큰 눈을 끔벅였다. 문득 게리의 손가락을 움켜쥔 이라크 아기의 작은 손이 떠올랐다. 언론사에 소속된 사진기자로 활동하던 끝 무렵에 찍은 그 사진은 내내 공개되지 않다가 그의 사후에 출간된 사진집의 마지막 사진으로 소개됐다. 애나가 게리의 미공개 사진들과 메모, 게리에게 영향받은 사진가들의 짧은 글—그녀의 기고문도 포함됐다—을 정리해 출간한 사진집이었는데, 사진집엔 그 사진에 대한 게리의 메모도 적혀 있었다. '바그다드의 병원에서 만난 아기, 몇 번의 봉합 수술도 견뎌낸 이 한 살짜리 아기의 강인한 생명력이 세계의 본래 모습이라고 나는 생각한다.' 애나가 알아본 바에 따르면 아기는 살아남았다. 바그다드를 떠난 뒤에도 게리는 수시로 병원에 연락해 아기의 상태를 확인했고 치료비를 댄 모양이었다.

"이집트행은 잘 준비하고 있어?"

살마가 물었다. 지난번 영상통화 때 피디의 제안을 전했던 기억이 났다.

"방금 그 피디와 미팅을 했어. 피디는 촬영이 끝난 뒤 가자지구로 들어가려 한대."

"가자지구라면 여기서도 매일 화제야. 이스라엘을 지지하는 사람들과 팔레스타인의 해방을 기원하는 사람들이 트래펄가광장에 마주선 채 시위하는 걸 뉴스로 본 적도 있어. 근데 양쪽 다 홀로코스트를 언급하더라고. 이스라엘 쪽 시위대는 홀로코스트를 경험한 유대인을 억압하지 말라고 하고 팔레스타인에 연대하는 시위대는 가자지구 폭격에 홀로코스트의 기억을 무기화하지 말라고 하고……"

"그래, 양쪽 다 하고 싶은 말이 있겠지. 하지만 민간인이, 특히 아이들이 죽어가는 걸 보면, 지금은 전쟁이 오히려 명분이 되고 있다는 생각마저 들어. 범죄에 대한 명분 말이야."

"은도 가려 하는구나, 가자지구에?"

"가고 싶어도 갈 수 있는 곳이 아냐. 학교와 병원은 말할 것도 없고 기자들이 머무는 곳까지 불에 타고 있는걸. 내게 일을 제안한 피디도 가자지구로 들어가는 것에 확신이 없어 보였어."

그녀와 살마의 대화를 듣고 있던 애나가 결정은 실버의 몫

이라고, 하지만 몸조심해야 한다고 말을 보탰다.

"언젠가 나도 은과 함께 갈 수 있을까? 가자지구든 시리아든……"

어쩐지 슬픈 목소리로 살마가 물었다.

"네가 원한다면 언제든지."

"은, 다치지 마."

히스로공항에서처럼 그 말을 하며 살마는 애잔하게 웃었다.

애나를 대신해 공항까지 배웅을 나온 살마는 히스로공항의 출국장에서 그녀와 작별의 포옹을 나눈 뒤 낮은 목소리로 말했다.

"레스보스섬에서 나는 죽어 있었다는 걸, 은도 알겠지?"

"……"

"그래, 죽은 것이나 다름없었어. 살아 있는 건 형벌 같았고 내일은 없었으니까. 그때……"

"……"

"은이 나타났어. 은이 나를 애나에게 소개해준 것이 결과적으로 내 삶을 완전히 바꾸어놓았지만, 사실 은을 만나고부터 이미 나는 다른 사람이 되어가고 있었어. 은의 카메라로 사진을 찍고 은과 산책을 하고 은 앞에서 울고, 그 과정이 형벌 같기만 했던 내 삶을 미래로 뻗어가게 했어. 공허가 아닌 미래로……"

그 순간 그녀는, 자신이 단 한 번 솔직해야 한다면 바로 지금이란 걸 깨달았다.

"나는 누구를 위해서 레스보스섬에 가고 너를 도운 게 아냐. 나는 오로지 나를 위해 그렇게 한 것인지도 몰라."

그녀의 말을 듣고도 바로 대꾸하지 않던 살마는 잠시 뒤에야 그게 문제가 되느냐고 물었다.

"오히려 너는 지금보다 더 너 자신을 위해 살 필요가 있어. 은이 행복하지 않다면 다 무슨 소용이야?"

물으며, 살마는 어깨를 으쓱해 보였다. 그래, 이게 너지, 라고 그녀는 생각했다. 살마는 그녀의 선의를 계산하지 않았고 한 점 의문을 품지 않은 채 그녀의 편이 되어주었다. 그녀가 아는 한 매 순간, 예외 없이……

한 발 더 다가온 살마가 그녀의 두 손을 잡으며 다치지 마, 라고 말했다.

"다시는, 절대로……"

그 말은 단순한 당부가 아니라 그녀의 시간을 호위하는 주문이 되리란 걸, 그 순간 그녀는 확신할 수 있었다.

지하철에서 내려 미술관 쪽으로 걸어갈 무렵, 작은 눈송이가 흩날리기 시작했다.

가방에서 목도리를 꺼내 둘러맨 뒤 로비와 연결된 출입문 쪽으로 걸어갈 때였다.

그가 보였다.

그녀는 걸음을 멈추고는, 딸을 안은 채 이쪽을 바라보는 그에게 눈으로 인사를 보냈다.

잠시, 투명한 유리를 사이에 두고 그와 마주서 있었다.

태엽이 멈추면 빛과 멜로디가 사라지고 눈도 그치던 오래전 그 작은 방을 떠올리며……

그녀와 그는 발맞춰 걷기 시작했다. 눈은 아직 쌓이지 않았지만 자신이 지나간 자리에 새겨지는 발자국을 상상하는 건 어렵지 않았다. 뒤를 돌아보면, 열두 살의 그녀가 빛을 담은 조각배 같은 오목한 발자국을 골똘히 들여다보며 카메라 셔터를 누르고 있으리라.

지금도 그래?

그가 묻는 듯했다.

지금도 그래.

그녀는 속으로 대답했다.

지금도 빛이 피사체를 감싸는 순간이 좋아.

지붕 아래나 옷장 뒤편에, 빈병 속 같은 데……

끌어안은 연인의 어깨와 어깨 사이에, 서로에게 기댄 채 잠든 두 사람 뒤로 길게 이어진 그림자 주변에, 석양이 스민 물웅덩이 속에, 그 모든 곳에 얄팍하게 접혀 있던 빛 무더기가 셔터를 누르면 일제히 퍼져나와 피사체를 감싸주는 그 순간이, 그때의 온기가……

여전히 나를 숨쉬게 해.

지금 네 딸의 속눈썹 아래나 힐겁게 쥔 주먹 안에도 빛이 숨겨져 있겠지.

언젠가 나를 찾아올 거야.

어딘가에서 셔터를 누르는 순간, 카메라 너머 누군가를 감싸주기 위해.

그 사람의 슬픔을 나눠 갖기 위해.

그녀의 말을 모두 들었다면 그는 분명 이렇게 대답했으리라.

후회하지 않아.

……

너에게 카메라를 주었던 걸……

어느새 두 사람은 출입문 앞에 도달했다.

삼십이 년 전처럼, 그가 문을 열어주었다.

2024년 2월 21일

안녕.

너에게 두번째 편지를 쓰는 날이 올 줄 몰랐는데 너를 떠올리며 또다시 인사를 하고 있다니, 참 신기해.

우리는 일주일 전에 만났어.

물론 너는 그 만남을 기억하지 못하겠지만, 그건 중요하지 않지. 네가 나를 보며 웃어주었고 나는 너의 맑은 눈을 보았다는 것, 중요한 건 그뿐일 거야.

그런 날을 상상하게 됐어.

먼 훗날 우리가 마주앉아 한 사람에 대해—그의 습관과 말투, 좋아하는 음식과 음악, 그와의 일화들, 그가 우리 각자에게 갖는 의미, 그런 것을 화두로 허물없이 이야기를 나누는 날을…… 그날의 장면 속에서 우리는 파란색의 아주 큰 파라솔 아래 앉아 있었고 내 앞의 너는 싱그럽게 웃을 줄 아는 아가씨였어. 그때는 너도 알고 있겠지. 죽음에 근접해 있던 열두 살의 내게 카메라를 선물해준 친구가 누구인지 말이야.

지금도 믿기지 않아.

열두 살의 아이가 맹목적으로 죽음만을 생각할 수 있다는 것이.

내가 바로 그 아이였는데도.

내게 올 때면 그 친구의 손엔 늘 무언가가 들려 있었고, 나는 친구가 갖다준 그 무언가를 남김없이 알뜰하게 잘 쓰곤 했어. 연필과 지우개로 낙서를 했고 낙서를 하다 지겨우면 필기되어 있는 공책을 펼쳐놓고는 내가 학교에 가지 않은 동안 다른 아이들이 무얼 공부했는지 구경했어. 새 건전지를 넣은 스노볼을 들여다보며 긴 밤을 조금이나마 안온하게 견딜 수도 있었지. 담요를 꼭 끌어안은 채 말이야. 굶지 않았어. 쌀을 씻어 밥을 짓거나 라면을 끓여 배를 채웠고 그러고 나면 치약을 짜서 이를 닦았어. 친구는 몰랐을 거야. 그 시절 내가 간절히 그를 기다렸다는 것을. 그가 작은 손으로 현관문에 노크를 한 뒤 권은, 권은 있어? 라고 말하는 순간마다 얼마나 안도했는지도.

가끔은 말하고 싶었어.

꿈에서 깰 때마다 버려졌다는 외로움을 감각해야 했던 아픈 마음을, 무서웠던 날들을, 슬픈 생각을······

그럴 수는 없었어.

친구도 당시엔 나처럼 어린아이였으니까.

그 친구가 내게 준 마지막 선물이 바로 후지사의 반자동 필름 카메라였어. 처음엔 그저 카메라라는 사물이 재미있었어. 셔터를 누르면 내가 지금 보고 있는 세상의 일부가 네모난 상자에 포착되어 필름에 그대로 스며든다는 게 마치 마술 같았지. 몇 장의 사진을 찍고 나는 바로 알 수 있었어. 세상이 카메라로 들어오는 그 순간을 내가 평생 사랑하게 되리란 것을······

그 사랑이 늘 평탄한 건 아니었어.

도망치려 한 적도 있었지.

내 사진을 필요로 하는 곳으로 가서 수없이 셔터를 누른다 해도 전쟁이나 분쟁은 끝나지 않는다는 것, 내가 몇 장의 사진을 남기기 위해 렌즈 너머 사람들의 불행을 이용하는 것일 수도 있다는 것, 그런 것을 깨닫게 됐을 때. 다리를 다쳤을 때나 피가 돌지 않는 차가운 의족을 내려다볼 때도.

그런 순간마다 나는 친구가 나를 찾아왔던 그날들을 남몰래 떠올렸어. 그를 기다리던 순간들을. 오직 그것만이 살아갈 이유였던 열두 살의 여러 날들을.

　그래, 돌아보니 정말 그랬구나.

　지난번 편지에서 나는 네게 부탁했지.

　그 친구와 나의 이야기를 잊지 말아달라고.

　누군가 너의 진심을 몰라준다 해도,

　세상이 지금보다 황폐해져 네가 기대어 쉴 곳이 점점 사라진대도,

　네가 그것을 잊지 않는 한, 너는 죽음이 아니라 삶과 가까운 곳에 소속돼 있을 거야.

　아무도 대신 향유할 수 없는 개별적이면서 고유한 시간 속에……

　네가 어디에 있든.

　언제까지라도.

　그렇게 쓴 뒤, 그녀는 서둘러 노트북을 덮었다.

　커피숍에서 나오자 일주일 전에 눈이 내렸다는 것이 믿기지 않을 만큼 온 거리가 봄 햇살로 넘실대고 있었다. 거리에서 아직 겨울 외투를 벗지 않은 사람은 그녀 자신뿐인 듯했다.

　그녀는 계속 걸었다.

충무로역을 지나 은행과 휴대전화 판매점 사이 작은 길로 들어서자 식당과 술집, 노래방으로 즐비한 골목이 나타났다. 도시에 어둠이 내리면 하나같이 현란한 조명을 밝힐 공간들이 었다. 수리점은 그 골목 중간 지점에서 다시 더 작은 사잇길로 들어가야 나왔다. 카메라를 맡긴 날에는 제법 길눈이 밝은 그녀도 몇 번이나 같은 골목을 반복해서 걸어야 했을 정도로 수리점은 눈에 띄지 않는 잿빛 건물 지하에 자리해 있었다. 간판은 따로 없었고, 같은 층의 다른 곳은 반 이상 불이 꺼져 있는데다 사무실로 운영되리라 짐작되는 곳 역시 그 정확한 정체를 알기 힘들었다. 은밀하게 숨어 있는 것도 수리점의 역할 중하나가 아닐까, 그런 생각마저 들 정도였다. 두번째 방문이어서인지 잿빛 건물을 찾는 건 어렵지 않았지만 지하로 이어지는 가파른 계단은 여전히 익숙하지 않아 그녀는 난간을 잡고 천천히 이동했다.

초록색 시트지가 군데군데 벗겨진 유리문에는 '만춘 카메라'라는 상호가 조각된 나무 팻말—그게 수리점의 존재를 알리는 유일한 표지였다—이 걸려 있었다. 유리문을 열자 종소리가 울렸다. 어둑한 지하 공간에서 헤드라이터를 머리에 쓴채 작업에 몰두해 있던 어르신이 고개를 들어 그녀 쪽을 건너다보았다.

"왔군."

그녀가 고개를 숙여 인사를 건네자, 그는 첫 만남 때처럼 간결하게 대꾸했다. 카메라를 수리했다, 아니면 소생할 길이 없다, 그런 진단의 말은 없었다. 그녀는 스펀지가 군데군데 비어져 나오고 기하학적 무늬의 주름이 가득한 검은색 소파에 앉아 그의 느린 움직임을 바라보았다. 드라이버와 나사, 수리중인 카메라를 손에서 내려놓은 뒤 헤드라이터와 돋보기안경을 차례로 벗고 회전의자에서 일어나는, 집요함과 성취감이 긴 시간에 걸쳐 반복적으로 새겨진 한 사람의 움직임을……

꾸부정한 자세 그대로 칸칸마다 카메라로 가득한 오 단짜리 선반 쪽으로 걸어간 그가 잠시 뒤 눈에 익은 카메라를 들고 돌아섰을 때 그녀는 반사적으로 자리에서 벌떡 일어났다.

급하게 일어났지만, 카메라 쪽으로 한 번에 다가갈 수는 없었다.

그가 마지막으로 이리저리 살피며 극세사 천으로 살살 닦고 있는 카메라, 점점 더 눈에 익어가는 그 카메라를 그녀는 그저 거리를 둔 채 바라보기만 했다.

"고치는 데 애먹었어. 삼십 년 전에 쓰던 부품 박스까지 뒤졌다니까."

그가 말했다.

"그러니까, 결국 고치셨다는 말씀이죠?"

"내 손에 들어왔으니 고쳐야지, 뭐."

"아⋯⋯"

그녀는 의미 없이 고개를 연거푸 끄덕인 뒤에야 조심스럽게 카메라 쪽으로 다가갔다.

"아껴 썼더군."

"⋯⋯"

"교체한 부품만 빼면 다 멀쩡하더라고. 스크래치도 거의 없고. 오래 썼을 텐데, 그만큼 앞으로 또 오래 쓸 거야."

카메라를 건네며 그가 말했고, 그녀는 다시 한번 고개를 숙여 감사하다는 인사를 전했다.

카메라를 품에 안자 처음 손에 넣었을 때처럼 그 오톨도톨한 질감이 그녀를 웃게 했다. 카메라 테두리의 은빛 금속, 조리개와 셔터, 그리고 렌즈의 표면과 조절링도 한 번씩 매만져봤다. 새 배터리와 필름을 넣어두었으니 바로 테스트를 해보라고 그가 권유했지만 그녀는 밖에서 찍어보고 싶다고 대꾸한 뒤 가방을 소파에 둔 채 수리점을 나섰다.

건물 주변을 서성이다가 미용실 출입문에 기대어진 거울을 발견한 그녀는 그쪽으로 걸어갔다. 거울 앞에서 카메라의 전원을 켠 뒤 조리개와 감도를 조절하고 앵글을 맞췄다.

셔터를 눌렀다.

찰칵, 하는 소리와 함께,

철로 된 무기와 무너진 건물을 지나, 올리브나무와 묘비 없는 무덤을 지나, 총성이 울리는 도시 한가운데 설치된 임시 병원에서 절망하고 흐느끼는 사람들과 그들의 상처를 봉합하고 소독하는 누군가의 손길을 지나, 살겠다는 의지를 포기한 적 없는 아기의 악센 손가락을 지나,

한 아이가 들여다보던 스노볼 안의 점등된 세상을 지나,

그 아이를 생각하며 잠 못 들고 뒤척이던 또다른 아이의 시름 깊은 머릿속을 지나,

거울 속 세상과 그녀를 위해,

영원에서 와서 영원으로 가는 그 무한한 여행의 한가운데서,

멜로디와 함께⋯⋯

빛이,

모여들었다.

작가의 말

『빛과 멜로디』는 많은 분들의 도움으로 완성될 수 있었다.

『우리는 침묵할 수 없다』(ㅁ(미음), 2022)의 저자 윤지영·윤영호 작가님에게 감사드린다. 전쟁을 겪은 우크라이나 여성들과 그들에게 연대하는 또다른 여성들의 목소리를 담은 이 르포를 읽지 않았다면 『빛과 멜로디』는 시작되지 못했을 것이다. 소설의 배경이 되는 덜리치와 해머스미스, 차이나타운을 방문하기 위해 런던을 찾아갔을 때 기꺼이 시간을 내어 자문에 응해준 윤지영 작가님은 지금도 애틋한 마음으로 떠올리게 된다.

소설 연재중에 최형락 사진가를 알게 된 건 행운이었다. 그는 세 차례에 걸쳐 우크라이나를 찾아가 전쟁의 또다른 얼굴을 카메라에 담아왔고, 그 사진들은 우크라이나에서 전쟁을 통과하는 인물들과 폐허가 된 풍경을 표현하는 데 큰 힘이 되었다. 다큐멘터리 사진가로서의 고민을 나누어준 것에도 깊이 감사드린다.

시민단체 '나와우리'와 독립서점 책방이음의 대표인 조진석님에게도 감사의 인사를 남긴다. 그가 팔레스타인과 우크라이나 전쟁을 다루는 전쟁 세미나에 나를 초대해준 것이나 소설에 필요한 책과 기사를 수시로 공유하며 지지의 마음을 보내준 것은 소설을 준비하고 쓰는 동안 내게 찾아온 특권이나 다름없었다. 조진석님이 소개해준 압둘와합 님에게도 감사드린다. 시리아 난민 출신으로 국내에서 오랫동안 공부한 그는 만난 적도 없는 내게 마음을 다해 소설을 위한 조언을 해주었다.

목숨이 위험한 상황에서도 분쟁 지역에 체류하며 문장이나 영상을 남긴 분들에게도 고맙다. 그 고마움은 미안함이기도 하다. 나는 갈 수 없고 가지 못한 곳에서 일궈낸 그들의 작업

물에 기대어 소설을 쓸 수 있었으니까……

김영미 피디의 분쟁 지역 취재기인 『세계는 왜 싸우는가?』 (김영사, 2019)와 『전쟁터에서 만난 사람들』(그러나, 2019), 시라카와 유코의 『전쟁터로 가는 간호사』(전경아 옮김, 끌레마, 2021), 박노해 시인의 『올리브나무 아래』(느린걸음, 2023), 올랜도 폰 아인지델 감독의 〈화이트 헬멧: 시리아 민방위대〉(2016)와 와드 알카팁·에드워드 와츠 감독의 〈사마에게〉(2020)는 소설 속 인물들의 상념과 고뇌, 대사를 상상할 때 모든 감각을 통해 내게로 흘러들어오곤 했다.

스베틀라나 알렉시예비치의 『전쟁은 여자의 얼굴을 하지 않았다』(박은정 옮김, 문학동네, 2015)와 『마지막 목격자들』(연진희 옮김, 글항아리, 2016), 수전 손택의 『타인의 고통』(이재원 옮김, 이후, 2004)과 『사진에 관하여』(이재원 옮김, 이후, 2005)는 교과서와 같은 텍스트였다. 스티그 다게르만의 『독일의 가을』(이유진 옮김, 미행, 2021), 홍미정·서정환의 『울지 마, 팔레스타인』(시대의창, 2016), 『시사IN』의 임지영 기자가 쓴 「유아차 밀던 자리에 폭탄이 떨어져도, 그는 매일 일기를 썼다」 (『시사IN』 772호)는 상황을 설정하고 인물을 형상화하는 데유의미한 자료가 되어주었다.

퇴고 작업을 하면서 기록의 자세를 한번 더 고심할 수 있도록 이끌어준 책은 오카 마리의 『기억·서사』(김병구 옮김, 교유서가, 2024)였다. 이 책을 선물한 이경헌 극작가에게도 고마움을 전하고 싶다.

계간 『문학동네』에 소설을 연재하는 동안 함께 발걸음을 내디뎌준 김내리, 서유선, 오윤, 이상술 편집자에게도 깊이 감사드린다. 김내리, 서유선 편집자는 책 출간까지 함께해주었는데, 교정지를 받을 때마다 남몰래 감동받곤 했다는 것을 이 지면을 빌려 밝힌다. 소설을 쓴 나보다 더 정확하고 더 섬세하게 문장 하나하나를 들여다보며 오류를 수정하고 더 나은 방향을 제안해준 두 편집자와 작업한 것은 내게는 또하나의 행운이었다.

소설을 위해 소중한 문장들을 선물해준 김하나 작가와 오은 시인에게도 깊이 감사드린다. 그들의 애정을 잊지 않는 한 세상의 세찬 비바람에 휘청거리는 날에도 나는 다시 책상 앞에 앉을 수 있으리라 확신한다.

단편 「빛의 호위」를 쓰고 발표한 지 어느새 십 년이 넘었다.

「빛의 호위」를 조금씩 수정하며 『빛과 멜로디』로 다시 쓰면서,
시리아와 우크라이나, 팔레스타인으로 배경을 확장하고
인물에게서 인물에게로 이어지는 '호위'의 서사를 엮어가
면서,

누군가는 비웃을지라도,
동의하지 않는다 해도,

나는 다시,
믿고 싶었다.

사람을 살리는 일이야말로 아무나 할 수 없는 가장 위대한
일이란 것을,
권은에게 증여된 카메라가 이 세상의 본질일지도 모른다는
것을……

세상 곳곳에 여전히 크고 작은 분쟁과 전쟁이 일어나고 있

어서,

아픈 그곳에서 고통받는 사람들이 존재하기에,

이 소설을 쓰는 것이 가능했다.

그랬으므로,

『빛과 멜로디』가 내 안의 미안함에 머무르지 않고

또다른 '사람, 사람들'을 만나 더 먼 곳으로

더 깊은 곳으로 흘러가 점등되기를

지금 나는,

고요히 꿈꾼다.

망각되지 않고 기억될 수 있도록,

아픔과 고통이 반복되지 않기를 바라는 마음이 모일 수 있도록……

마지막으로

『빛과 멜로디』를 읽게 될 모든 독자들에게 고마움을 전한다.

2024년 여름 한가운데서,

조해진

문학동네 장편소설
빛과 멜로디
ⓒ 조해진 2024

1판 1쇄 2024년 8월 30일
1판 2쇄 2024년 9월 13일

지은이 조해진
책임편집 서유선 | 편집 김내리
디자인 백주영 이주영 | 저작권 박지영 형소진 최은진 오서영
마케팅 정민호 서지화 한민아 이민경 왕지경 정경주 김수인 김혜원 김하연 김예진
브랜딩 함유지 함근아 박민재 김희숙 이송이 박다솔 조다현 정승민 배진성
제작 강신은 김동욱 이순호 | 제작처 영신사

펴낸곳 (주)문학동네 | 펴낸이 김소영
출판등록 1993년 10월 22일 제2003-000045호
주소 10881 경기도 파주시 회동길 210
전자우편 editor@munhak.com | 대표전화 031)955-8888 | 팩스 031)955-8855
문의전화 031)955-2696(마케팅), 031)955-8864(편집)
문학동네카페 http://cafe.naver.com/mhdn
인스타그램 @munhakdongne | 트위터 @munhakdongne
북클럽문학동네 http://bookclubmunhak.com

ISBN 979-11-416-0724-1 03810

* 이 책의 판권은 지은이와 문학동네에 있습니다.
  이 책 내용의 전부 또는 일부를 재사용하려면 반드시 양측의 서면 동의를 받아야 합니다.

잘못된 책은 구입하신 서점에서 교환해드립니다.
기타 교환 문의 031)955-2661, 3580

www.munhak.com